去广东

广东省旅游局 出品
费勇 主编

廣東旅游出版社
GUANGDONG TRAVEL & TOURISM PRESS
悦读书·悦旅行·悦享人生
中国·广州

图书在版编目（CIP）数据

去广东 / 费勇主编. — 广州 : 广东旅游出版社, 2018.8
ISBN 978-7-5570-1434-6

Ⅰ. ①去… Ⅱ. ①费… Ⅲ. ①纪实文学－中国－当代Ⅳ. ①I25

中国版本图书馆CIP数据核字(2018)第166042号

出 版 人：刘志松
责任编辑：彭素芬
装帧统筹：邓传志
责任技编：刘振华　冼志良
责任校对：李瑞苑

去广东
QU GUANGDONG

广东旅游出版社出版发行
（广州市越秀区环市东路338号银政大厦西楼12楼）
联系电话：020-87347316　邮编：510642
广东旅游出版社图书网
www.tourpress.cn
佛山市华禹彩印有限公司印刷
（佛山市南海区罗村联合工业区西二区三路1-1号）
889毫米×1194毫米　32开　7印张　110千字
2018年8月第 1 版第 1 次印刷
印数：1-5000册
定价：45.00元

序

为什么要去广东

费勇

1

清朝乾隆年间，一个叫沈复（沈三白）的苏州书生因家道中落，靠卖文卖画为生，他的表妹夫对他说：“这样不是长久之道，为什么不和我一起去广东呢？去了那里一定能发大财。”

为了赚钱，为了发财，沈复去了广东。他先是到了江西，然后坐船到南安，翻过大庾岭，就到了广东境内，在山巅上，他发现一块碑上写着“激流勇退”，一块碑上写着“得意不可再往”；又发现有一座梅将军寺，却没有看到有什么梅树，所以怀疑这个地方叫梅岭，是因为梅将军的缘故。沈复从大庾岭下来，一路到南雄，又坐船到佛山，最后到了广州。

这一段经历，沈复详细地写在了《浮生六记》里的《浪游记快》里。林语堂很推崇这本《浮生六记》，认为这是一本体现了中国人生活艺术的书。沈复到了广州，发现广州不只是商贸发达，可以赚钱，还可以享受到原本体验不到的生活乐趣。

发财去广东，大约在南北朝时代就有这样的说法，《南齐书·王琨传》里说：“广州刺史但经城门一过，便得三千万也。”

明清时代，广州“十三行”有“金山珠海，天子南库”的说法。

20世纪80~90年代，中国人有“东西南北中，发财到广东”的说法。

这和广东独特的地理位置有关，广东拥有中国最长的海岸线，也是两千年来唯一没有衰败过的海上丝绸之路港口。秦汉时代，广州就已经是南海北岸最大的商贸城市，到了19世纪，广东成了中国和西方贸易的集散地。一个事实值得关注，在很长时间里，中国政府唯一允许与西方贸易的海路口岸就是广州；而在20世纪70~90年代，广东又被作为改革开放的试验区。

但在近两千年的古代中国历史里，以中原为中心的中国人很少注意到广东面向大海这样一个特点。相反，广东的地理、文化特征定位于岭南：在山岭之南，一道被称为南岭的天然屏障将广东和中原隔离，人们经常将它看作化外之地，蛮荒原始，瘴气弥漫。

沈复提到的大庾岭，是南岭的五岭之一，越城岭、都庞岭、萌渚岭、骑田岭、大庾岭5座山岭，统称南岭。南岭并不是具体的一座高山，而是位于湖南、福建、江西、广东、广西交界处的山脉，是中国重要的自然地理分界线。南岭平均海拔不过1000多米，但是山路十分崎岖，加上气候恶劣，成为一道严酷的障碍，阻挡了中原与广东一带的来往。

当年秦始皇统一了六国之后，就计划征服北方的匈奴和南方的百越，派了五十万大军，一路杀到南岭脚下，却遇到前所未有的困难，最后大败而归。

公元前 214 年，秦始皇再次出兵，终于平定百越。为了这次征伐，他先派人在湘江和漓江之间开挖运河——灵渠，打通了长江流域和珠江流域之间的水路交通。秦始皇在岭南设置了南海郡（治所在当时的番禺，也就是现在的广州）、桂林郡、象郡三个郡。

到了汉朝，汉武帝平定南越后，重新设置南海郡。元封五年（公元前 106 年），南海郡被并入交州。交州刺史府的所在地在广信，也就是今天的封开，广信这个地名的意思是："初开粤地宜广布恩信也"，这个名称一直沿用到南北朝。

唐懿宗咸通三年（862 年），设置岭南东道、岭南西道，岭南东道大致就是现在的广东，岭南西道大致就是现在的广西。宋至道三年（997 年）设置广南东路，简称广东。元朝、明朝设置"广东道"。清朝开始设置"广东省"，一直沿用到今天。

在王朝的更替期间，广东两次脱离中央王朝，自己独立。比如秦末汉初的南越国、五代十国的南汉国。在帝国的版图上，广东一直是一个蛮荒之地，为什么要去广东？回答往往是打仗、流放、逃难、贬谪……人们走到大庾岭的时候，心情往往是沉重的、悲伤的，就像唐代诗人宋之问的《过大庾岭》：“度岭方辞国，停轺一望家。魂随南翥鸟，泪尽北枝花。山雨初含霁，江云欲变霞。但令归有日，不敢恨长沙。”

而唐朝另一个诗人李德裕在诗里感叹：“独上高楼望帝京，鸟飞犹是半年程。”

3

1927 年 1 月 18 日，鲁迅从厦门乘船来到广州。鲁迅为什么要去广东？为了恋爱。鲁迅那个时候正和许广平暗暗地热恋，许广平是一个地道广州女孩，出生高第街的许家。据说，鲁迅和许广平曾经考虑过定居广州。后来因为各种原因，鲁迅只在广州住了八个月，就去了上海。

但 1927 年的时代背景，也是鲁迅来广州的原因。从辛亥革命前后到 20 世纪 20 年代，因为早期康有为、梁启超的影响，以及后来孙中山的影响，广东是革命的策源地。1927 年那一年，如果你去翻阅当时的文学文本，就会发现很多新文学作家，比如郭沫若、郁达夫、成仿吾等，都到了广东；还有很多满怀理想的年青人，为了革命，也到了广东。

鲁迅到广州那一天，已经是农历的腊月十五，广州已经有过年的气息。鲁迅说自己不过农历新年，但1月31日也就是腊月二十八那一天，他却受了广州花市的诱惑，和许广平、孙伏园去逛了半天的花市。在接下来的广州时间里，鲁迅好像受到广州美食的巨大诱惑，有人做了一个统计，鲁迅在广州253天，去过25家酒楼、茶楼和冰室，其中去过2次以上的有7家，其中有1家去过7次之多。

严肃的、战斗的鲁迅到了广州，好像也变得年青了，变得感性了，开始享受生活了。他对广州的印象是："这里（广州）很繁盛，饮食倒极便当。"又说喜爱广东的点心。在给友人的信里，他说："广东还有点蛮气，较好。"

4

2006年春天，美国作家比尔·波特从武汉坐火车进入广东，"列车一路向南，朝着湘水上游的方向行驶着。我在车轮与铁轨撞击出的铿铿锵锵声里沉沉睡去，在睡梦中穿越了南岭山脉。一觉醒来，窗外已是全然不同的世界。……除了那些巨大的嶙峋怪石之外，一切都是绿的。”（《禅的行囊》，四川文艺出版社，2017 年 5 月版）

比尔 · 波特在韶关下了车。如果你问他为什么要去广东？他的回答一定是：为了六祖惠能。比尔 · 波特是一个很有意思的美国作家，他喜欢中国古典文化，从 1972 年开始，长期在中国的大陆、台湾旅行，翻译了大量的中国典籍，包括六祖坛经，他对于六祖的喜爱都流溢在文字里。在比尔 · 波特看来，惠能“是中国禅宗第六祖。一千多年以来，他已成为世界上最伟大的宗教之一的最受尊崇的大师”。

比尔 · 波特在韶关寻访了大鉴寺、南华寺等惠能的遗迹，又去乳源拜访了云门寺的佛源老和尚。他见佛源老和尚的场面很有禅意：“年轻的和尚们本以为佛源会给他们智慧的点拨，没想到老和尚说的全是种地吃饭的事。毫无疑问，云门寺秉承了禅宗重视劳作的古老传统，所有僧众都有份参加寺院的农田和果麦劳动。”“佛源并没有询问我的来意，而我也确实没有什么问题要问。”

在云门寺附近，比尔 · 波特偶遇了一位意大利女子，叫丹尼艾拉 · 坎普，一聊才知道，这位意大利女子一个人来到广东，是为虚云和尚而来，她在法国高等实践学院攻读博士学位，博士论文题目是虚云和尚，所以，她要在中国走遍虚云和尚去过的地方。1934 年到 1944 年间，虚云和尚主持重修了已经荒芜很久的六祖南华寺，1944 年到 1949 年，主持重修了云门寺。

5

2018年春节黄金周期间，广东省旅游局官方统计，有5564.6万人次从全国各地以及国外来到了广东，同比增长了15.3%；广州市旅游局数据显示，到广州的有1591.55万人次。这些人为什么要去广东呢？调查显示，大多数人是为了去广东过年、看花市。

数千年来，广东吸引了全世界的商人来到这里，创造财富；今天，广东也在吸引很多很多热爱生活的人，来到这里，过年、度假、寻访、短居，在这片土地上，重温最具活力的人文传统，欣赏最具活力的自然景象，感受最具活力的商贸文化，追溯最具活力的思想源流，体验最具活力的生活方式，发现最具活力的历史场景……

一段山间小路可能是千千万万人南下踏足的古道，留着太多的歌哭与生命的温度；一条海岸线可以勾勒出泱泱中国如何融入世界的图景，可以串连起代代粤人勇猛精进的魂魄；一缕禅院钟声蕴藉了无尽的智慧；一桌早茶凝聚了太多日常的兴味；一街花市看尽南国别致生活的奥妙。

梁启超说：其剽悍活泼进取冒险之性质，于中国民族中，稍现一特色焉。

胡适说：中原的文化许多都变了，而在广东尚留着。

张爱玲说：上海女人像粉蒸肉，广东女人像糖醋排骨。

陈序经说：广东是旧文化的保存所，又是新文化的策源地。

这就是广东，可以最民族最世界，可以最传统最开放，可以最执着最活力，可以最风雅最世俗，可以赏尽山海之胜，可以体验生活之真味。

这就是广东，出发了，就“不辞长作岭南人”。

目录

见山是山
见水是水
见你
是全世界

| 林帝浣 绘

壹

走路

中原的文化许多都变了，而在广东尚留着。

—— 胡适 《南游杂忆·广州》

在中国正南的广东，我们又遇到另一种中国人。他们充满种族的活力，人人都是男子汉，吃饭、工作都是男子汉的风格。

—— 林语堂 《北方与南方》

介于山海之间，北枕五岭，南临大海。

广东，是一个相对独立的地理单元。正是这种既封闭又开放的地理区位，决定了广东别具一格的演进路程与地域气质。

近代梁启超先生对广东在中国历史中的地位，曾这样说：“就中国史观察广东，则鸡肋而已。”但“现在及未来”“广东非徒重于世界，抑且重于国中矣”。从可有可无到至关重要，广东的历史走了一段很不寻常的路，是一段特别的鸡肋蜕变史。

在历史演进中，广东一向不以尊位自居，不以某一种程式与思想来框定自己，而是充分接纳各类移民，纳任何优质文化为我所用；唐宋数百文官被贬到广东，不止是诗家不幸江山幸，同样是诗家得江山之助，在困顿中淬炼了性灵，以另一种形式延续丰富了文脉。华夏文化登峰造极于宋朝，宋朝却以极大的悲怆在广东的海边落下帷幕。

在历史上，中国经济文化重心有一个不断南移的趋势。而所谓南移，实乃南化，即原来具有某些异质特征的南方地域文明，充分融合到统一的中华文明之中，并通过自身的异质性不断丰富、拓展乃至重构中华文明。

去广东，就先去了解广东到底是怎样形成的。

广东一段 1 公里的山路串起 2000 多年历史

韩帮文

1

去广东，不妨先从一条小山路开始。

这条小山路已经存在了2000多年，崎岖不平，就像历史跌宕的节奏。

历史异彩纷呈的剧目反复在这条小路上演。政权的变更、官场的躁动、文人的贬谪、战乱的纷扰，以及贸易、朝贡、上访，都曾在这里留下斑驳的影迹。六祖惠能、张九龄、宋之问、寇准、苏东坡、黄庭坚、文天祥、朱熹、王阳明、汤显祖、利玛窦、袁枚、孙中山、宋庆龄、何香凝、毛泽东、朱德、陈毅、于右任……那些各个时期各个领域的“大V”，都曾从这条路上走过。

但你可能想不到，广东这条小山路的长度现存仅有1.2公里。

这条小山路是梅关古道，国内保存最完整的古驿道。

2

梅关古道地处广东、江西两省交界处的梅岭之上，梅岭位于逶迤两百余公里的大庾岭中段，海拔400余米，两边望不尽群峰起伏。梅关关楼在梅岭之巅，被两峰夹峙，如同一道城门。关楼上的石匾写有“南粤雄关”四字，关楼一侧是岭北，而另一侧就是岭南。

这里，就是古代从中央到广东的“国道”。开通“国道”的第一人是秦始皇。秦王朝的铁骑踏入岭南大地，所向披靡，最终将广东首次并入中央版图。这次历史性的进军，也是中原文化第一次有组织的南下，由此开启了中原与南越文化的融合。

经过赵佗建立南越国、汉武帝再次统一南越、魏晋南北朝时第一次移民高峰之后，到了唐代，梅岭上的这条小路，历经很多次的兵毁与修复，且一度荒废，已经不能满足更繁密的交通往来。

唐开元四年（716年），宰相张九龄（678—740年），因直言得罪当朝，告病返回故里韶关，路过梅岭，看见山路险峻，便向唐玄宗谏言进一步开凿梅岭，扩建这条路。他还主动请缨，亲自担任工程总设计与总监工。

经过两年时间奋战，这条长45公里，宽2到4米，用石板与青石铺成的大庾岭通道终于竣工。相对于张九龄63年的人生历程，他用两年时间创造了自己人生乃至中国交通史上的一个奇迹。大庾岭驿道是我国南方现存最长、保存最为完好的古驿道，被誉为“古代的京广线”。

大庾岭通道开通之后，北接赣江上游的章水，南联广东北江的浈水，成为沟通广东和中原、珠江和长江、江南与岭南的主干线。由此，原来的湘桂走廊、西江的交通地位下降，北江成为一条黄金水道，很快改变了广东的经济文化走势与分布格局，进而促进了全国经济与文化重心的南移。

大庾岭的开凿所带来的南北交通的便利，让广州成为唐王朝的重要外贸港口，被誉为“东方第一大港”。像水纹一样漫开的历史画面里，阿拉伯、波斯、印度等地的商队蜂拥而至，丝绸、瓷器、茶叶、海盐等，经过驿道南调北运，出现了“商贾如云，货物如雨；万足践履，冬无寒土”的景象。据史书记载，唐代最为繁盛的时候，广州作为海上丝绸之路的重要起点，活跃着外商12万人之众。

“一骑红尘妃子笑，无人知是荔枝来。”为了博得杨贵妃红颜一笑，当年高力士家乡广东高州的荔枝，就是经过新修好的梅岭国道，快马加鞭地送往首都长安的。

饮水自当思源。张九龄几乎被当地人尊崇为神，其所传的《大唐开凿大庾岭路碑》至今仍矗立在古道旁，岭下张九龄祠香火甚旺。

张九龄当年修路居功至伟，对此，明代有诗人云：“岭海千年第一人，一时功业迥无伦。”

而就在张九龄修路的前几十年，还有一个重要人物不得不提，那就是六祖惠能。661 年，来自广东新会的惠能在湖北黄梅得法后，迅疾南奔广东，以躲避他人追捕。当他刚刚到达梅岭后，武将出身的慧明追了上来，欲夺走象征佛家地位的衣钵。最终，在惠能的说教下，慧明放弃了追赶，决定折回向北去化人。惠能这才平安回到岭南，才有了禅宗的勃兴。

3

梅岭上的“梅关”虽自古就有，但正式命名，还是宋朝的事情。

至宋嘉祐八年（1063 年），广东与江西的官府商议，各自在南北管辖的路段进行交通管理，共同在山巅分水岭界立碑，名曰“梅关”，以分两省之界。

到了 1094 年，时隔 31 年之后，一个倒霉家伙就来到了梅关，来到了大庾岭。最终，中国历史上最有乐观精神与生活情趣的大文豪，与广东发生了奇妙的关联。

这个倒霉家伙，就是苏东坡，一个要么被贬、要么就在贬官路上的人，一个无论身陷何境都坚持自我的人。当年，14 岁的稚嫩小孩宋哲宗（1077—1100 年）执掌朝政，结果，王朝一开张，经不起佞臣的胡言乱语，就拿 59 岁的苏东坡（1037—1101 年）开刀，将他从河北的定州贬到广东的英州。

把不放心的人物发配到一个放心的地方去，这是唐宋时期中国最高权力惯用的伎俩。眼不见为净，总比动不动杀头要温柔得多，在明清，满门抄斩可是常有的事情。一向仗义执言的苏东坡，生活在宋代，并没有惹来杀身之祸，这多少算一种幸运，但经过近半载牢狱之灾与四年黄州贬官生涯后，也早已深谙贬官这一政治逻辑。“你让我离得远远的，那我就走；人已至此，还会糟糕到哪里呢？”陷害也罢，宿命也罢，苏东坡不再纠缠，不再怨愤，明明知道极有可能死于道途，但也开始了“说走就走”的旅行。

在去广东的路上，东坡先生写了一首诗，其中几句就写到了豁达从容的胸襟：

此生归路愈茫然，无数青山水拍天。

犹有小船来卖饼，喜闻墟落在山前。

（苏轼：《慈湖夹阻风》）

这一趟去广东还不知道能不能回来，悲剧已不可避免，但哪怕一丁点的人间烟火，还是能让他感觉出生命的喜悦与趣味。这就是苏东坡，就是那么容易发现快乐。

就在过赣江的时候，他又接到了贬往惠州的新旨意。九月，历经四个月之后，苏东坡终于来到了大庾岭，翻过这座山就到了广东。

在此，他写下著名的《过大庾岭》：

一念失垢污，身心洞清净。

浩然天地间，惟我独也正。

今日岭上行，身世永相忘。

仙人抚我顶，结发授长生。

就在他踏入广东土地的那一刻，内心不再绝望与苦闷，而是坦然与自得，让古道上的梅香洗濯干净身心所受的污浊，赶紧开始宠辱两忘的南粤之旅，甚至已置生死于身外。

在广东与海南的被贬生涯中，他多次想过埋骨他乡。但可能连他自己都没有想到，他又可以拖着一把老骨头折回来。

元符三年（1100年），宋徽宗赵佶接位，大赦天下。在海南的苏东坡接到调回廉州安置的通知，已是次年的春天了。这一年，他已经 65 岁高龄。

不顾年事已高，苏东坡一路风雨兼程又来到了梅岭。当他入住客栈再次与店主相遇，千般喟叹集于诗中：

鹤骨霜髯心已灰，青松合抱手亲栽。

问翁大庾岭头住，曾见南迁几个回？

（苏轼：《赠岭上老人》）

他终于可以北返见到故人了，到底是该高兴呢还是悲伤呢？其中的况味只有他自己最清楚。

7 年被贬岭南的磨难，让他的胡须都熬白了。个中的困苦从他曾写给朋友的信中可以找到答案："此间食无肉，病无药，居无室，出无友，冬无炭，夏无寒泉，然亦未易悉数，大率皆无耳。"（苏轼：《答程天侔书》）想到因为自己而受到牵连被贬谪黔州的学生黄庭坚，想到被贬谪筠州的弟弟苏辙，还有因为瘴气死在惠州的爱妾朝云，恐怕唯有老泪纵横了。

然而，苏轼还不忘以自己的经历勉励弟弟。他在给苏辙的诗中写道：

七年来往我何堪，又试曹溪一勺甘。梦里似曾迁海外，醉中不觉到江南……

投章献策谩多谈，能雪冤忠死亦甘。一片丹心天日下，数行清泪岭云南……

山林瘴雾老难堪，归去中原茶亦甘。有命谁怜终返北，无心却笑亦巢南……

（苏轼：《度梅岭寄子由》）

次年，在常州，苏东坡就去世了。

苏东坡在广东、海南的七年，是他文学创造的高峰期，连同黄州被贬生涯，共同构成了他最伟大最特别的佳构序列。对此，钱穆先生说：

“苏东坡诗之伟大，因他一辈子没有在政治上得意过。他一生奔走潦倒，波澜曲折都在诗里见。苏东坡的儒学境界并不高，但他在艰难的环境中，他的人格是伟大的，像他在黄州和后来在惠州、琼州的一段。那个时候诗都好，可是一安逸下来，就有些不行，诗境未免有时落俗套。东坡诗之长处，在于有豪情，有逸趣。”（钱穆：《谈诗》，见《中国文学论丛》，三联书店，2005年版）

其实，通过梅关古道被贬南下的文人，苏东坡不过是一个个案而已。据典籍记载，唐朝有200多位官员被贬广东；宋代则有400多人次。唐宋是中国历史上的高光时代，惨遭贬谪的官员与文人，带着文化的精魂多去了广东。

于是，一路悲歌都洒在了唐诗宋词里。

于是，广东的历史由此改写。

在苍茫的岭南大地，文教开始兴盛，文明得以繁衍，蛮荒不再是蛮荒，边缘不再是边缘。也就在那个时候起，岭南文明有了内生的原动力。

一路风雨一路诗。近年，梅岭下的地方政府整理出了古代在古道上吟咏的诗词达 1000 多首，近现代诗词也有数百首。梅岭古道就像一条长线，串起了几百个柔软且又坚硬、苦涩却又旷达的文人的心灵，串起了许许多多的文化传奇。

4

"海上生明月，天涯共此时。"开凿梅关古道的张九龄的这首名作《望月怀远》，写的是游子对远方亲人的思念，不断被后人传诵。但他一定没有想到，身后的宋元时代竟然在这条古道上走过了无数的北方游子，无数再也回不到家乡的人。

北宋中后期和南宋末年，中原动乱，金人和元人相继入侵赵宋王朝，大量难民流散到了当时相对安定的广东，其中，梅岭古道就是重要的逃难路径。一批批的游子彻底告别家园，一路翻山越岭，一路惶惶不可终日。

这两次中原移民大迁徙，因其范围之广、时代延续之长，对广东社会经济和文化发展的影响最为直接和深远。由此，广东基本形成了以汉人为主体的广府、潮汕和客家三大民系。

从大庾岭过梅关，再走 25 公里就到了珠玑巷。在这里，北方的游子们终于可以歇一歇脚。

一个红砂岩造的牌坊矗立在广场上，在蓝天白云的映衬下，显得格外醒目神圣。走过牌坊，过了门楼，就进入了珠玑巷。一旦踏上用鹅卵石铺砌而成的小街，就是久违的返璞归真。巷道曲直有致、古朴清幽，仍保留着古楼、古塔、古榕、古店铺，两旁民宅、祠堂、商号鳞次栉比，都在说着它过去的光辉与繁华。

这条弯弯曲曲延伸 1500 多米的乡村小巷，记录了多少世事变幻、人间沧桑，又是多少人回家的路、回望的乡愁？而村头竖立的巨大宣传牌“珠玑古巷南迁姓氏名录”，清楚记载了这是岭南 172 个姓氏的老家。

屈大均《广东新语》记载，珠玑巷在唐代时还叫“敬宗巷”。

巷内族人张兴七世同堂，是忠孝传承的模范家庭。唐帝李湛知道这个模范家庭后，就赏赐给他们珠玑作为表彰。但没过多久，李湛驾崩，被赐庙号唐敬宗，“敬宗巷”为避讳改名珠玑巷，沿用至今。

现在，张兴故居仍在珠玑巷中，珠玑巷的居民仍能叙说唐敬宗的赏赐。然而除此之外，这位唐敬宗在历史上的存在感就很低了——他只做了 2 年皇帝，沉迷于马球与打猎，年仅 18 岁就被宦官合谋夺了性命。

其实珠玑巷的兴旺发达还在李湛之前，可上溯到张九龄开挖梅关古道。从那时起，梅关道由此沟通了长江与珠江两大水系，使南北交通顿时通畅，成为岭南最重要的通道。而依踞梅关道的珠玑巷也夹道成镇，南来北往的旅客在此歇歇脚，商业也就繁盛起来，并上升为古道上最重要的驿站。

到了北宋末年，珠玑巷的历史地位再次加码。当时，北方烽火连天，金兵直接将两位皇帝掳走了，国家垂亡之际，不管是望族官宦还是平民百姓，都纷纷逃难避难，翻山越江，跨过大庾岭与珠玑巷，他们的血泪都洒在了这条窄窄的古道上。

这次移民高潮，在南宋灭亡时达到了空前规模。南宋末的移民，规模超过历史上任何时期，逃亡岭南的不仅有中原人，还有大量的江南人。这些江南移民，在南宋王朝偏安南方的 100 多年里，融合了黄河与长江文化的精粹，创造了华夏文明的极致。这次，他们也不得不离开温柔富贵乡，一直逃到未知的南方。

南方，总是在危难之际成为生命最后的庇佑，成为挽民族魂魄于即倒的最后的稻草。

珠玑巷，是中原与江南难民进入岭南的第一站。他们不再惶惶如丧家之犬，开始在这里安顿下来，重新过一种生活。居住数年或数十年之后，他们逐渐适应了岭南的气候和风物，才逐步南迁珠江三角洲。聚是一把火、散是满天星，岭南文化由此开始新的璀璨。

清人罗天尺有《珠玑巷》诗云："而今恰似乌衣巷，野燕低飞入酒家。"将珠玑巷比作乌衣巷再恰当不过了。相比于秦汉与魏晋南北朝时期的北人南迁，两宋这次规模最大，衣冠豪门的成分也颇大。

史书记载，珠三角地区的很多名人学士、世家望族都是由中原迁至珠玑巷，又转移到各地。明嘉靖时期黄佐编《广东通志》时说："（大庾）上古有珠玑巷……今南海衣冠多其子孙。"清雍正年间郝玉麟《广东通志》说："相传广州梁储、霍韬诸望族，俱发源于此。"

著名思想家陈白沙、康有为、梁启超也都是珠玑巷南迁族人后裔。康有为在《自编年谱》中就明确记载"始祖建元，南宋时，自南雄珠玑巷里始迁于南海县西樵山北之银塘乡"。故岭南的许多名门望族，都把珠玑巷称为"七百年前桑梓乡"。

珠玑巷后裔在珠三角开垦荒地、治理滩涂、振兴文教，重新拼接、升华了岭南文化的版图。作为广东省仅存的宋代古巷古道，这条小小的珠玑巷，便是一条南北交融的通天大道；珠玑巷里的人和事，也成为岭南史书的字字珠玑。

北人南下岂止是广东文化之幸？又何尝不是中华文明之幸？

历朝历代，中原大地一次次遭受战乱与自然灾害的蹂躏，一批批衣冠南迁，中华文明的精粹继续在岭南生根发芽，岭南反而成了文化的托庇与保护之地。由此，很久很久的古风在岭南赖以传承。所以，清人洪亮吉说：尚得昔贤雄直气，岭南犹似胜江南。

1935 年 1 月，胡适从香港搭船到广州，耳濡目染南国世相之后，有了这样的感慨："华夏的文明许多都变了，而在广东尚藏着。像现在的广东音是最古的，我们现在说的话才是新的。"这话倒是实在不假。如果你用广东话去重新读一读古典诗词，就会得到更醇更美的味道，才会真正理解胡适的这番话。

5

梅岭古道延续了 2000 多年，直到 1936 年粤汉铁路全线通车，粤赣公路相继兴起，这条通衢才逐渐失去它的意义。

现存的梅关古道藏匿于山林中，沉寂了许多年之后，因为古驿道旅游而吸引游人踏足而行。

走上这条小路，就可以踏进广东，就可以走入广东的心魂，就可以了解广东何以为广东。

上了路，惊心动魄的历史纷至沓来。

| **粤北田野一片金黄**　林帝浣 摄

南岭

地球同纬度沙漠带上最大的绿洲

韩帮文

南岭风貌

“南岭”是秦汉时期确定的称呼，是长江水系与珠江水系的分水岭。

广东在南岭以南。

《中国大百科全书·中国地理》这样定义南岭：中国南部最大山脉和重要自然地理界线。

南岭山脉地处广东、广西、湖南、江西、福建5省区的交界处，东西延绵约700公里，南北宽约400公里。南岭的主体是“五岭”，即大庾岭、越城岭、都庞岭、萌渚岭、骑田岭。

南岭经历了沧海桑田的变幻，形成了众多秀丽奇特的地质景观，是世界上地质与生态的双重珍宝。在南岭，可以与诸多珍稀动植物来一场“美丽的邂逅”，体验新奇发现带来的巅峰乐趣。

从纬度上说，南岭约在北纬24° 00′—26° 30′之间。颇有意思的是，在地球同一纬度范围上，从西到东依次分布着墨西哥荒漠、撒哈拉沙漠、阿拉伯半岛的沙漠和南亚西北部的塔尔沙漠。而在中国这里，却是一片苍翠的“绿洲”。正因为这条山岭的存在，大部分西北季风被阻挡，大量来自东南海洋的暖湿气流被留下，才使得南粤大地的气候如此温暖湿润。假如没有南岭，广东会呈现怎样荒漠化的景象，广东的自然会是怎样的单调乏味？

所以，南岭之于广东，既是通融南北的桥梁，又是护佑南粤的脊梁。

| 潮州韩文公祠

粤东一小城
因为一人改姓 1100 多年

张丽凤

◇◇◇◇◇◇◇◇◇◇

触怒皇权，在中央高级领导任上被贬到几千里外的蛮荒小城做地方官，只用了不到八个月的时间，就让这个地方焕然一新，甚至江山的姓氏都从了他。

这个有着四两拨千斤功夫的官员，就是韩愈；这个被他改变的小城，就是潮州。

一个潮州城，就是韩愈传奇的见证。随意走在街上，会发现诸多韩愈的纪念符号。一脉笔架山叫了“韩山”，一湾穿城水叫了“韩江”，一颗橡木树叫了“韩木”；韩山之上立着雄阔的韩文公祠，韩江边上有韩堤、有韩愈《祭鳄鱼文》的碑文，韩树之下是昌黎路……如此不厌其烦。

韩愈到底有什么能耐让一座城姓韩崇韩?

这已经是他第二次贬官来到岭南了。第一次来的时候，他才 36 岁，因关中大旱上书言事，得罪了京兆尹李实，被贬连州阳山做县长。韩愈并没有意志消沉，而是在基层用心做事，愿意和群众打成一片。他在《县斋有怀》有诗言：“官租日输纳，村酒时邀迓。”村民经常找他一起喝酒，他则乐意为之。

短短一年之后，他以优异政绩离开阳山，重回首都长安任职，转战多个部门多个岗位。可他还是一而再再而三地犯起拧巴。在他眼里，这是对皇权肝胆相照，但政治又岂是一句肝胆相照所能注解的？

他的仕途也就可想而知了——屡遭贬官。最惨的一次就是直接上书皇帝，要求他烧毁佛骨，希望给整个社会的信佛狂潮降降温。这一次，韩愈差点被执行死刑，最终在大臣们的游说下，再次被赶到岭南，做个潮州刺史。

公元819年的冬天，51岁的韩愈拖着老迈身躯离开首都，一路向东、向南，再向东、向南，再次奔向一个蛮烟瘴雨之地。

途中，看不到一点儿未来的韩愈写了这样一首千古名诗：

一封朝奏九重天，夕贬潮州路八千。

欲为圣明除弊事，肯将衰朽惜残年。

云横秦岭家何在？雪拥蓝关马不前。

知汝远来应有意，好收吾骨瘴江边。

（韩愈：《左迁至蓝关示侄孙湘》）

世界向它的跋涉者展示着无边的荒凉，这个倒霉的老人心灰意冷到极致，已经做好死在岭南的心理准备。都说“诗人不幸江山幸”，但真正具体到诗人不幸境遇的时候，才发现这样一个伟大正确的腔调，却是多么凉薄。

辗转三月余，韩愈终于抵达潮州，还没来得及安顿好自己，这个典型的儒家知识分子就火热地投入到造福人民的事业中去。总体来说，韩愈在潮州的 7 个多月，主要做了四件事：一是杀鳄鱼；二是兴修水利，推广北方先进的耕作技术；三是赎放奴婢；四是办教育，建学校，扬儒学。

“安史之乱”以来，大唐已现衰败之象，思想文化界弥漫着颓废、消极的风气，儒、佛、道“三教”相互交错，佛老之学大行其道，经世致用之学及儒家治国方略备受冷落。在儒家士大夫韩愈看来，这就是整个社会面临非常严重的信仰危机，缺少核心价值观。于是，他决心重新振兴儒家精神，致力于“儒学复古运动”与文教事业，来挽救社会危机。在潮州，韩愈更是不惜拿出自己的工资办学，让更多适龄儿童读书，鼓励青少年考取功名，使得潮州真正蕴育好学崇文之风，并最终成为文气弥漫的名城。

1092 年，另一个经常倒霉的家伙苏东坡，写了气贯长虹的《潮州韩文公庙碑》。绝世的才情、慷慨的悲歌、雄壮的回响，两代文豪凌越三百年在潮州“相会”。“文起八代之衰，而道济天下之溺；忠犯人主之怒，而勇夺三军之帅”。苏轼最终掷地有声：参天地、关盛衰，浩然而独存。这个历史定位，就这样延续了近千年。

韩愈与苏轼都是失意的诗人、失败的官员，放逐到岭南后，所待时间也并不长，但都以打不败的刚硬人格，激活了蛮夷之地的文化密码。现在来看，蛮荒不再是蛮荒，边缘不再是边缘，边缘更有古典传统的逸韵，更具创造的活力。

对此，著名学者杜维明先生在名作《文化中国：边缘中心论》中充分论证：就文化而言，边缘可以成为中心。

潮州韩江上的广济桥　如闻 摄

没有岭南之行
就不会有汤显祖的《牡丹亭》

韩帮文

湛江徐闻海景 广东省旅游局 供图
汤显祖在徐闻，常享“泛海之乐”。

1591 年，当莎士比亚在伦敦剧坛发表《亨利六世》而小有名气之时，大明帝国的宫廷下达了一道冰冷的圣旨——发配汤显祖到岭南。

同样是科举产生的官员，同样是书生意气，同样是贬谪到南岭以南，同样是路经梅关古道，但汤显祖的贬官生涯却走出完全不一样的格调。他不是悲惨介怀，而是让小确丧变成小确幸。

从来没有一个文人像汤显祖那样，在出发之前就对岭南充满了美好想象与热切期待。罗浮山是广东道教名山，他的好友祁衍曾住在那里，在写给好友的诗中，就说“吾欲从安期，往结天人欢……相期在友道，控鹤且停鸾”。他去岭南，似乎要迫不及待了。而其他被贬文人则对岭南惶恐不安，甚至谈粤色变。韩愈堪称文坛的硬汉，但也对去广东惧怕不已，以为一定会死在广东，再也回不来了。

也从来没有一个文人如此热切地游览广东，如此连篇累牍地书写在广东的喜乐见闻。当年 9 月初，他从家乡江西临川启程，一路向南，一个月后刚翻过大庾岭，心头还有些许思乡之情，就开始不停地写游记了，其中有些还成了诗歌史上的“热搜”。比如，他给广州点赞的诗篇，就堪称书写广州的最佳文本：

临江喧万井，立地涌千艘。

气脉雄如此，由来是广州。

（汤显祖：《广州二首（之一）》）

简简单单20个字就勾勒出广州的宏大气象及城市气质，也和盘托出对广州的喜恋。逛了广州还不算完，还不急着赶往目的地徐闻报到，而是索性继续游山玩水，继续用脚步丈量岭南文化的广度与厚度。他上罗浮、走东莞、去珠江口、访佛山，简直是一路走一路写，一路抒不尽行走岭南的愉悦。其间，他还饶有兴致地去了一趟澳门，在那里小住了几天。但纵观历史上贬到广东的数百号人，真正像他如此逍遥自在的太少太少了。要么还在对自己的悲惨命运叫屈不平，要么抱怨水土不服，要么饱受思念之苦，总之提笔一写就是“倒霉”二字。李绅，就是那个靠“锄禾日当午”一炮走红的诗人，在肇庆的时候就写过这样满含泪滴的日记：“瘴江昏雾连天合，欲作家书更断肠。”

苏东坡应该是极少数的在广东依然乐观豁达的文人，说过“不辞长作岭南人”，但也有叫苦不迭的时候，有次在写给友人的信中说：“某垂老投荒，无复生还之望。春与长子迈诀，已处置后事矣。”苏东坡都已经想到在岭南安排自己的后事了，可见他也有极为落魄失意的时候。但你看汤显祖在广东的诗文，一片春和景明。

更是没有几个人能像他一样，离开广东之后还会一遍遍地怀念贬谪时光。1593 年的初春，他终于得到赦免，提升到浙江做县官，自此，一年有余的被贬生涯终于画上圆满句号。这种记忆对很多文人来说，简直就是梦魇，一刻也不愿提及；但在汤显祖眼里，尽是美好的回忆。他晚年曾回忆罗浮山的时光，禁不住吟咏："世有文章不逐贫，远游须是好精神。风光岭外从谁说？破钵岩头第一人。"在给广东朋友的信中，则表达："羁栖游岭南，所适一何远。"

念念不忘，必有回响。汤显祖对岭南的美好念想，终于在他最著名的作品《牡丹亭》中结晶。戏剧研究专家、中山大学教授黄天骥先生曾论述男一号柳梦梅的形象具有岭南人的性格特色，而知名学者周松芳则根据考证认为，柳梦梅的原型是东莞人，即汤显祖的至交祁衍曾。女一号杜丽娘于《惊梦》一出，上场即道："晓来望断梅关，宿妆残。"又是梅关，又是广东非常显著的地域符号。你看，一出《牡丹亭》，就是汤显祖岭南情缘的焕发与呈现。假如汤显祖没有岭南之行，我们今天见到的《牡丹亭》或许会是另一种样子。

所以，当白先勇先生带领青春版《牡丹亭》在中山大学演出的时候，黄天骥先生的一句"让这部戏回老家"的调侃，深得白先生"拊掌大笑"。

| 林帝浣 摄

清远阳山

阳山位于南岭山脉南麓，连江中游。

战国时期境内已建立阳禺国，

秦朝末年设阳山关，

西汉高祖时置阳山县，

迄今已有 2200 多年的历史。

| 林帝浣 摄

南社古村

南社古村落以村墙为界，村内建筑依中间长形水塘而建，

由民居、祠堂、书院、店铺、家庙、古榕、楼阁、村墙、古井、巷道、牌楼等构成，

具有浓郁珠江三角洲特色的农业聚落文化景观。

当中，明末清初的建筑被完好保留，

大量石雕、砖雕、木雕、灰塑及陶塑建筑构件未被破坏，具有很高的艺术价值。

| 广东省旅游局 供图

河源万绿湖

万绿湖是华南地区第一大湖，因四季皆绿，处处皆绿而得名。

万绿湖以其“绿”而闻名，

清莹碧绿是万绿湖的底色，但一天当中又有多种变化：

在清晨的阳光里它像铺上了一层黄金；

在正午的艳阳下它沉静得如同一块巨大的翡翠；

日落时它似一道长达数里的熊熊火焰；

月夜中它又是一面晶莹无暇的白玉。

| 广东省旅游局 供图

肇庆七星岩

肇庆七星岩，山环水绕，亭楼阁榭，波光岩影，浑为一体，自然风光绝佳，构成一座奇丽的山水盆景，享有“岭南第一奇观”“人间仙景”之美誉。

贰

看海

只有一点我是很爱的，就是广东人的精神，有信仰，肯干，肯吃苦，我觉得这是无论做什么事情的基本条件，而不幸长江黄河两流域的人都缺少了它。

——顾颉刚 《致中山大学文史两系同学信》

粤人之能轻财，能合群，能冒险，能致富，亦未尝不心悦诚服，而叹其特性也。

——徐珂《粤人奇性二则》

广东地处中国大陆的最南端。那里曾是地理与文化的边缘，是翻山越岭才能到的地方，面向未知的大海，最后一步是险滩恶浪。去到那里，似乎走到了路的尽头。

路的尽头是大海，而蔚蓝色的大海带来蔚蓝色的文明和一个更为广阔开明的世界。

最终是浩瀚无垠的海洋，成就了广东的特别与特别的广东。

广东拥有中国最长的海岸线，在这蜿蜒悠长的海岸线上，串联起全球最长的海滨公路，排着 14 个重要海滨城市，连带着数十个风景怡人的旅游景点。

海洋对南粤的恩赐，尤在商业文明的蕴育与发达。从西汉商业萌芽的南越国，到大唐盛世下的繁华岭南商都；从明清海禁时期夹缝中生存的广州港，到鸦片战争中此消彼长的粤港澳；从清朝“一口通商”之下风雨飘摇的广州十三行，到新中国在改革开放大潮中迅速成长的深圳口岸，广东尽享南海雄风之利。

广东以南岭为笔，以珠江为墨，恣肆书写南海之篇 2000 余年，终成海上丝绸之路的重要发祥地、国际交通要道、永不落幕的世界港口群，以繁盛细密的商业文明与勇猛精进的地域气格，在中华版图独标一格。

从世界交通、商贸、文化视角看广东，从海洋文化看广东，广东的丰沛意蕴、活力气质与开放格局才会真正显现。

从广州出发 一片中国树叶的世界奇幻漂流

韩帮文

| **清代十三行商业繁忙景象** 出自《南国商都》中国画长卷

1

之前几十年急匆匆的中国人，现在终于开始慢悠悠地喝茶了。

开始讲究品位，讲究明心见性，讲究茶道。

但喝来喝去，才发现我们的茶道多多少少有点形式主义。而去观日本的茶道，人家将茶喝成了宗教，达到了美学的极致。

谁都知道，日本的茶道追根溯源，就

在中国，就在大唐。

墙内开花墙外香。殊不知，中国茶叶对欧美的影响同样深刻久远。

“英式下午茶”，最初最初的灵感，不就是来自中国?

2

英国著名历史学家、剑桥大学教授艾伦·麦克法兰写过一本名为《绿色黄金：茶叶帝国》的书。他直接将中国的茶叶比作黄金，并说：茶叶改变了一切。

到底是哪个国家的人最早喝上中国茶，最早遇见“改变一切”的中国茶叶的呢？又是在什么时候呢?

据学者考证，最先接触中国茶叶的西方人，是葡萄牙人。1553年，葡萄牙人获得了澳门的居住权，由此喝到了中国茶。17 世纪以后，荷兰的东印度公司开始将茶叶引入欧洲，和中国人最早对茶叶的利用是从药用开始一样，欧洲人对茶的认知也是从药用开始的。但很快，茶叶就摇身一变，成为贵族的乐趣，进入上层社会圈，率先掀起一股饮茶风潮。

1663 年，茶叶登陆法国之后，受到浪漫国度上流人士的喜爱，几近是奢侈品。由于茶叶昂贵，精明的法国人就将进口的茶叶 3/4 再出口其他国家，甘做一个赚差价的二道贩子。

在这前一年，人称“饮茶皇后”的葡萄牙公主凯瑟琳嫁给了英国国王查理二世，她的陪嫁就包括 221 磅红茶以及中国茶具，茶之贵重堪比黄金白银。这位新皇后就在宫廷里担任起推广中国茶的形象大使，不但自己示范泡茶，还教导贵族品茶。此后的玛丽二世与安妮女王也都热衷于在朋友圈推广茶文化，举办中式茶会，置备中国茶具。而到了维多利亚女王时代，中国茶的香气更是弥漫于宫廷与贵族之间，喝茶成为名媛、绅士的标配。

到了 18 世纪下半叶，茶叶进口量越来越大，大英政府就降低了关税，也就结束了茶叶只是上层社会标配的历史，开始进入寻常百姓家，喝茶成为中产及下层百姓非常普遍的生活方式。

“英式下午茶”就是那个时候诞生的。一首英国民谣就这样唱：“当时钟敲响四下时，世上的一切瞬间为茶而停。”下午茶是一种优雅的社交礼仪，柔化了英国人的民族性格，并进而风靡世界。

还有学者考证，当时伦敦报纸上出现的第一个广告就是关于茶叶。

在短短 100 来年的时间里，茶叶就征服了英国，让其变成了一个喝茶的国家，就像中国一样。

但茶叶对英国的影响，又岂止是膳食结构与生活方式这些细微层面？而是改变了英国的社会进程，助推了西方世界的近现代历程。

这可不是狂怪之论，是有研究依据的。

艾伦·麦克法兰在《绿色黄金：茶叶帝国》的序言中开宗明义地提出，他近年所做的研究都是为了探讨一个大主题：工业革命的起源。工业革命这个前所未有的、改变人类文明模式的重大历史事件为什么首先发生在18世纪的西方？为什么首先出现在英国？为什么恰恰在这个时间发生？麦克法兰认为，这一切显然都与中国的茶叶有关。

在工业化初期，机器运作尚未普及，工人的体力劳动在生产中仍起着根本性的作用，工作繁重，体力透支大。这时就需要一种提神解乏的食品，茶叶加面包恰恰符合这一需要。英国著名经济史学家威廉逊就说："如果没有茶叶，工厂工人的粗劣饮食就不可能使他们顶着活干下去。"由此，艾伦·麦克法兰认为，中国茶叶的适时到来，正好适应了英国探索工业化生产的需求，并大大促进了英国工业的发展。他说：

如果没有茶叶，大英帝国和英国工业化就不会出现。如果没有茶叶常规供应，英国企业将会倒闭。

（艾伦·麦克法兰：《绿色黄金：茶叶帝国》，社会科学文献出版社，2016年11月版）

茶叶与美国的独立建国也有很大的关联。

1773年，因为英国政府授予东印度公司在北美殖民地倾销茶叶的特权，便宜的价格打压了本土的茶叶销售，引起了当地志士的强烈抗议。波士顿人由此组成“茶党”，怒火中烧，就将一艘停泊在波士顿港口商船上的茶叶一股脑地倒入大海。这就是历史上著名的“波士顿倾茶事件”。英国人随即给予镇压，殖民地就团结起来对抗英军，最终取得了独立战争的胜利，建立了美利坚合众国。

中国的茶叶，就这样以一种稀奇古怪的方式影响了美国的诞生。

美国独立后，就开始与中国直接通商。1785年5月，“中国皇后号”从中国拉回来的全部货物，包括茶叶、丝绸、瓷器等，到达纽约后，被抢购一空。其中，有一只绘有中国飞龙图案的茶壶，被美国开国总统华盛顿看中，如获至宝般珍藏起来。

现在，这把茶壶就陈列在美国国家博物馆里。

2009年11月中旬，时任美国总统奥巴马首次访华，在复旦大学演讲时，就提到了这艘“中国皇后号”商贸船。他说：不过美国与这个国家的纽带可以追溯更久远的过去，追溯到美国独立的初期，乔治·华盛顿组织了“皇后号”的下水仪式，这个船成功前往大清

广州十三行博物馆 韩帮文 摄
该馆位于广州市荔湾区文化公园内，充分展示了十三行从辉煌到终结的历史。

王朝，华盛顿希望看到这艘船前往各地，与中国结成新的纽带。希望与中国开辟新的地平线，建立新的伙伴关系。

从 1785 年到 1815 年短短三十年的时间里，美国向中国进口的茶叶从 3022 担涨到 53040 担，增长近 17 倍之多。其间，美国成为仅次于英国的中国第二大外贸伙伴。

华盛顿总统的茶壶、诱发美国独立战争的茶叶，以及深刻影响英国工业革命与生活方式的茶叶，都是来自中国的哪里呢?

3

只有一个地方，广州十三行。

在广州西关一带，有一条古老窄小的马路，叫十三行。

如今，虽然店铺林立，看起来它与其它普通的商业街道别无二致，没有特别的光彩。但在 18 世纪中叶至 19 世纪中叶的百年间，它是盛极一时的大清帝国对外贸易中心。它是唯一的通商口岸，唯一的世界之窗。

窗外的世界精彩纷呈。工业革命风起云涌，科技发明方兴未艾，社会变革如火如荼，一切都在狂飙突进，进入骤变的近现代。

对于窗外的热闹，大多大清子民漠视无知。唯有广东人能够倚窗望见世界，联动世界，影响世界，甚至征服世界。

广东人通过“十三行”，获得了与世界做生意、输出中华好物、输入西方文明的垄断权。相对于南岭以北的国土，广东提前近 100 年跨入近代历史。

这就是十三行，这就是广东人，从来都是得风气之先，进而开风气之先。

其实，回看历史，广州一直扮演对外贸易的急先锋角色，有海上丝绸之路重要发祥地之誉。早在先秦，岭南文明尚未真正开化之时，先民已经穿梭于南中国海乃至南太平洋沿岸及其岛屿，其文化间接影响到印度洋沿岸；到了秦汉，海上丝绸之路开始形成；延及隋唐，广州便成为中国的第一大港、世界著名的东方港市。由广州经南海、印度洋，到达波斯湾各国的航线，是当时世界上最长的远洋航线。

由于清朝实行海禁政策，广州成为中国海上丝绸之路唯一对外开放的贸易大港，比唐、宋两代的机遇更突出，形成了空前的全球性大循环贸易。

4

历史常有这样一个吊诡的现象：明明一个东西很著名，但它的身世往往是个谜。

十三行在中外商贸史上很有地位，但名字到底何来、起源何时，却众说纷纭。我们姑且用《中华百科全书》的定义，说明十三行在明代嘉靖年间就存在了：

当时中国对外贸易已有集中于广州为输出入总口之势……可以看出当时已有十三家商号（行）在广州垄断贸易，广人五行，泉人五行，徽人三行，共十三行。葡人1557年（嘉靖三十六年）入居澳门之前，已经和广州当局及商号有广泛的接触了。这些商号便是后来为世所熟悉的“广州（广东）十三行”。（《中华百科全书》（第1册），（台北）中国文化大学出版社1981年版）

到了1757年，乾隆帝规定全国只留广州一口通商，赋予十三行享有对外贸易的专权，十三行由此真正成为泱泱华夏对外交流与贸易的唯一窗口，广州及广东在全国格局中的地位再次凸显出来。

当时，广州十三行出口的货物包括许多项，比如瓷器、丝绸、漆器、茶叶等。

中国历史上最优质的茶叶产地，在皖南、浙赣和闽浙交界的重峦叠嶂地带，尤其是徽茶和闽茶，最受西方人喜爱。尽管茶源在安徽与福建等地，但由于广州一口通商，茶叶最终还是要汇集到这里，并形成了一条明确完整的产业链：茶农——茶贩——茶庄——茶商——十三行——洋商——西方消费者。沿着这条产业链，外贸通过广州，一直通到内陆，更加促进了内陆与广东的经济往来，广州的尊位也愈加凸显。

十三行时代，起初茶叶只是中外贸易大宗货物的其中一项，地位并不很突出。但很快，出口货物结构就发生了变化，茶叶一跃成为外贸首位货品。有数字为证：

1817 年至 1833 年，十三行出口的茶叶总价值为 1.9313 亿两银元，占同期出口总量的 64%；就是到了鸦片战争后的 1846 年，十三行的茶叶贸易量占总量的 74.14%。英国东印度公司自从和广州商行做生意始，茶叶贸易量比重大多年份超过 50%，19 世纪初高达 90%；到公司垄断的最后几年，从中国输出的唯一的东西就是茶叶。

（格林堡：《鸦片战争前中英通商史》，商务印书馆，1961 年版）

而且，在中外茶叶贸易中，十三行一直占据主动地位，比如操纵价格、预收货款等等。著名作家许地山先生有一本专门搜集鸦片战争前中英交涉史料的书《达衷集》，里面就记载了中国商人牛气的一面：1778 年东印度公司大班抱怨“如有十三行公行交易，货低价高，任公行主意，不到我方讲话”。你可能很难想象，鸦片战争前，中国商人面对外商时会如此高高在上，外商连讲话的份儿都没有，只得乖乖就范。但十三行的茶叶贸易告诉我们，事实就是如此。

到了十三行时代，两千余年来丝绸和瓷器在中外贸易中的受宠幸地位，让给了茶叶，茶叶之路取代了丝绸之路。茶叶，这片轻盈的中国树叶，从十三行出发，从广东出发，经过世界性的奇幻漂流，成为中国文化输出的最显著符号。

瑞典商人在广州街市　广州十三行博物馆 供图

该馆位于广州荔湾区文化公园内，充分展示了十三行从辉煌到终结的历史。

| **黄埔帆影**　广州十三行博物馆 供图

5

十三行时代，中国人与西方人做生意是贸易顺差，赚了大量白银。英国人就开始琢磨如何扭亏为盈，干起了罪恶的勾当，即向中国走私鸦片。

后来，就有了林则徐在虎门集中销烟的事件，就有了鸦片战争，就有了《南京条约》，就有了上海、宁波、福州、厦门、广州五口通商。广州"一口通商"的中央特殊政策就此告一段落，广州也不再是中国看世界的唯一之眼，上海、香港的商贸地位逐渐超过了广州。

也就是从那个时候开始，由于西方种植茶叶等因素，中国茶叶出口锐减，丧失了以往的茗艺大国的尊位。茶以国兴，国伴茶名。一座城市的命运、一个国家的命运，就这样映射在这片小小的叶子上。

茶叶改变了世界，世界也改变了中国。历史选择了十三行，十三行也造就了历史。历史现场就在广州，就在广东。

6

中国的通商口岸由一个变为五个，广州也就丧失了垄断地位，曾经风光无限的“广州十三行”行商们似乎面临着破产危机。

但是，向来引领时代潮流的广东商帮并没有坐以待毙，而是断定上海将成为下一个世界商贸之都，下一个创造财富的福地，便继续北上淘金，带着全部家当来到魔幻之都闯荡。

广东商人凭借着在一口通商时代挖到的第一桶金和积攒的商贸经验，靠着敢为天下先的精神和务实态度，在上海滩所向披靡、无往而不利。

这个时候，他们不再做茶叶的生意，而是干起了大买卖，创办工厂、兴办实业，创造了近现代民族工业的诸多第一。

上海发昌机器厂为中国近代第一家资本主义工业企业，创办人正是广东香山人方举赞。南洋烟草公司、商务印书馆、同文书局、冠生园等上海商界传奇，都是广东人创始。他们还控制了上海电影业的半壁江山，明星阮玲玉就是广东中山人。

张竞生，就是那位民国时以《性史》爆得大名的广东留法博士，曾最早翻译卢梭的《忏悔录》，最早发表人体裸体研究论文，率先提出计划生育。早在1937年，他曾这样评价自己的广东同胞在上海滩的大场面：

若说有广东精神一回事，大概不离二件：一是广东人好打，且打得好，十九路军在沪战一役已经证明了……尚有一种精神，就是长于经济。沪地几个大百货公司都是粤人经营的。上海北四川路与日人平分天下的只是广东人。南洋与美国的华侨经济力，素极著名了。无论地球何处，都有粤人足迹，可说粤人与英旗同具“无日落”之光荣。

（张竞生：《广东精神是什么》，见《广东经济建设》，1937年3月第3期）

在他眼里，广东人经商的能力可以与大英帝国的商人相提并论了。正是源于一代代的商海弄潮儿，广东才创制了一个个的商贸传奇。

很难想象，一部上海发展史，假如没有广东人的参与，会是什么模样！而一部中国近现代历史乃至世界商贸史，假如没有广东人的贡献，又会呈现怎样的轨迹！

广东人，不止是历史中人，同样是一而再再而三创造历史的人。

去广东，就是要去感受广东人的肯干与能干，就是要去体验无处不在的开拓精神与生命活力。

广东人，好嘢！

白天鹅宾馆 林帝浣 摄

改革开放以来，广东在生活方式领域同样开风气之先，创造了诸多第一，比如白天鹅宾馆。它坐落于广州市沙面白鹅潭，由霍英东先生与广东省政府投资合作兴建而成，酒店于 1983 年开业，是中国第一家五星级宾馆。

发现“南海一号”之后

韩帮文

一家博物馆只围绕着一只800多年前的古船做展览研究，博物馆也以这艘古船的名字命名；将一艘庞大的古船放到一个巨型玻璃缸里，浸在水中展出。这种陈列与展览方式，在世界同类主题博物馆中前所未有。

这家博物馆叫南海一号博物馆，也称广东海上丝绸之路博物馆，位于阳江，地处海陵岛十里银滩风景区，周围一片怡人风光。

阳江，地处广东西南沿海，是古代海上丝绸之路的中转补给港，从中国东南沿海出发的船只，去往南亚、西亚多在这里停歇。在阳江发现南海一号，是一场美丽的意外。

早在1987年，英国海洋探测公司与广州打捞局合作，在阳江海域搜寻一艘18世纪东印度公司的沉船“莱茵堡号”，却意外发现另一条古代沉船。

广东海上丝绸之路博物馆　广东省旅游局供图

随后，就是长达 20 年的试捞。到了 2007 年，经过 9 个月的努力，才将“南海一号”打捞出海面，一幅属于宋朝的另一版本的“清明上河图”，在南海之滨缓缓地展现于世人眼前。

“南海一号”沉没于阳江市东平港以南约 20 海里处，经考古专家推算，“南海一号”船长 30.4 米、宽 9.8 米，船身（不算桅杆）高 8 米，排水量估计可达 600 吨，载重可能近 800 吨，是目前世界上发现的海下沉船中船体最大，年代最久，保存最为完整的远洋贸易商船。令人惊奇的是，这艘沉没海底近千年的古船船体保存相当完好，船体的木质仍坚硬如新，敲起来当当作响。当时，这艘古船是从中国驶出，赴新加坡、印度等东南亚地区或中东地区进行海外贸易。可以想象一下，这艘中国的大船在海上丝路破浪航行，船内装满了货物，船员对彼岸充满憧憬。对于浩瀚无边的大海来说，它就像一片不起眼的随波飘零的树叶，在滔天巨浪下，一片孤帆远影顷刻间毁灭。

随同“南海一号”打捞出来的，是珍奇的货物。“南海一号”目前出水最惹眼、最气派的一类文物是金器，有“满船尽带黄金甲”的说法。金手镯、金腰带、金戒指等首饰，没有生锈，闪闪发亮。鎏金腰带长 1.7 米，鎏金手镯口径大过饭碗，粗过大拇指，足足四两。可以推测，佩戴这些饰品的人体格粗壮，身材高大。这些人就是中国金器的终端客户。

船上最有历史与人文价值的货物，是瓷器，从中可以看到中国瓷最光辉灿烂的岁月。“南海一号”汇集了德化窑、磁灶窑、景德镇窑、龙泉窑等宋代著名窑口的陶瓷精品，多数可定为国家一级、二级文物。出水瓷器带有明显的异域风格，被认为是宋代接受海外订货“来样加工”的产品。

宋代是中国瓷的最鼎盛时代，出现了定、钧、官、哥、汝五大名窑。对比明清时期华丽的珐琅彩，宋瓷以优雅的单色釉著称，被不少瓷器爱好者们奉为中华瓷器中的“大家闺秀”。宋景德年间，宋真宗赵恒命昌南进御瓷，底书“景德年制”四字，因其精美绝伦，遂以“景德镇”之名久久风行。随着宋室南渡，北方许多著名窑场的能工巧匠纷纷赶赴景德镇，带来了当时北方先进的制瓷工艺，使景德镇的制瓷技术迅速发展。宋代，景德镇因出产“影青瓷器”“青白釉瓷器”而闻名于世，其产品通过泉州、广州两大商港通达海外，成为当时风靡世界的名牌货。南宋赵汝适《诸蕃志》是一部记述中外交通、中外贸易和外国物产风土的志书，据其记载，宋代的瓷器被运往全球50多个国家，最远的包括非洲的坦桑尼亚等地。

宋代，广东瓷业一同进入一个空前的兴旺期，出现了广州西村窑、潮州笔架山窑等著名窑场，共计有窑址80多处。南宋朱彧《萍洲可谈》记载北宋末年广州商船大量出口瓷器的情况时说：“舶船深阔各数十丈，商人分占贮货，人得数尺许，下以贮物、夜卧其上。货多陶器，大小相套，无少隙地。”有专家称，目前在东南亚各地发现的宋瓷，大部分都是当年广州的外贸商品。

随着宋瓷的光芒远播海外，外国人对宋瓷趋之若鹜。在国外，宋瓷的使用成为阶级和身份的象征，甚至还影响了他们的生活方式。

阳江海陵岛

中国十大宝岛之一，海上丝绸之路博物馆所在岛屿。

鸦片战争之后，英国政府在租借香港岛的同时，提出租借海陵岛，未获中国政府同意。

据记载，东南亚一些国家在中国陶瓷传入以前，多以植物叶子为食器。宋瓷输入后，他们改变了过去“掬而食之”的饮食习俗，用上了精美实用的瓷器作为食物器皿。如今在印尼国家博物馆，还依然摆放有许多产自宋代德化的“喇叭口”大瓷碗。

“南海一号”只是南宋时期来往于中国东南沿海港口与东南亚、中亚、西亚之间的众多外贸商船之一。它是宋朝发达的海洋文明的缩影，佐证了海上丝绸之路的存在，也见证了广东海外贸易的壮举。那时的广东，是这条蓝色丝路上的黄金节点。

广东周边海域里到底有多少沉船？广东省博物馆馆长魏峻在接受媒体采访时曾表示，2002 年省考古研究所对粤东、粤西展开沿海古沉船调查，对广东沿海沉船情况有了大致把握：南海海域星罗棋布般散落着不少古代沉船。而据中国水下考古中心的一项报告，中国南海海域的沉船不少于 2000 艘。

现在，去广东，去阳江，去广东海上丝绸之路博物馆，就可以感受“长风破浪会有时，直挂云帆济沧海”的豪壮。展区内的水晶宫向公众开放“南海一号”发掘现场，观众可近距离观看考古学家发掘“南海一号”全过程；通过展厅内声光电多媒体场景，可以体验“南海一号”出帆远洋、搏击风浪和货通万国的壮阔故事，感受古代海上丝路恢宏灿烂的历史。

在广州 遇见“巴黎圣母院”

刘茉琳

坐落于广州一德路的圣心大教堂，是东方最大的石结构天主教建筑，也是全球四座全石结构哥特式教堂之一，另外三座是巴黎圣母院、威斯敏斯特大教堂、科隆大教堂。标志性的双尖塔、石壁、石柱、花窗、飞拱、飞扶壁以及女儿墙，都证明着这座哥特式建筑血统之纯正。

由于教堂是花岗岩石砌造的，广州人起了一个更形象的名字——石室。

石室起于不平等条约的耻辱，却成为东西方文化交融的典范。

1857 年年底，英法联军攻陷广州，逼迫清政府签订不平等条约，要求在被他们夷为平地的两广总督行署的地方建造教堂。1863 年 6 月 18 日，教堂奠

石室圣心大教堂　林帝浣 摄
教堂位于广州市一德路。

基，邀请了法国人捉笔设计，然而真正指导完成整座建筑的是二十来岁的广东小伙蔡孝。

25 年后，经蔡家三代的努力，石室终于竣工。此时蔡孝，已是白发苍苍的半百之人。然而，对世界建筑史稍有了解的人都知道，25 年建成一座哥特式教堂已是奇迹——一座巴黎圣母院就建了 87 年。

虽然风格源于法国，但教堂毕竟立于中国广州，还是融入了许多本土建筑精髓。比如，用糯米桐油代替水泥，以中国狮子的造型完成教堂楼顶的出水口，室内不用石块，改用防潮的广东大阶砖，几扇木门也刻上了广式木雕……更惊奇的是，西式教堂混搭中式元素，竟毫无违和感。

石室曾经是广州的天际线，那两座塔楼在先辈们看来就是高耸入云了。然而时代走得很快，如今高楼林立的广州，石室 58.5 米的高度实在太低了。可是，在生活于这座城市的芸芸众生心中，石室依然那么高，地位依然牢不可破。

一旦立足于石室前，立刻就会被这建筑“俘虏”。当你试图仰头追踪那直耸入云的双塔塔尖，观察那石柱形成的庄严，立刻能体会到罗丹所说的纪律性的美感。你不可抗拒地感受到安宁与肃穆，这感受，一百多年来并没有改变，并没有淡化。这是建筑本身的力量，这是建筑与人恒久的关系。

走出石室，经街心花园转到一德路，两侧全是商住两用的骑楼。英国殖民者在印度建造的廊房，经东南亚传入广东，成就了这种建筑奇观。从哥特式教堂到骑楼，再进入居民区，是中西文化的完美过渡。眼前依然繁盛无比的一德路，不远处的十三行，运送小商品的平板车，弥漫在空气里的湿气，一切的一切，有着难以置信的和谐。

其实这种和谐早已埋在地下。在教堂的地基里，东西两侧各有专门从罗马和耶路撒冷运来的一公斤泥土。现在，教堂东侧墙角下“JERUSALEM1863”和西侧墙角下的“ROME1863”的刻字，依然清晰可见。一百多年来，文化不管是从罗马来，还是从耶路撒冷来，又或者从英国来，从法国来，它们早已长在了广州。广州，经久不衰的独特城市，长久的对外交流使这里不仅能“包容”外物，还能“化”进内里。

像石室大教堂这样的有历史、有风格的教堂，在广东到底有多少呢？据《中国文物地图集 · 广东分册》统计，作为文物保护单位的西式教堂有 58 所之多，分布在全省 35 个县市，从东到西，从沿海到内地，均可见“得风气之先”的建筑。天主教和基督教 16 世纪开始逐步传入广东，传教士或多或少都附带传来了近代科学技术知识，渗透到各地域、各行业，最终作为一种新文化分布在广东各地，改变了地域文化的结构与风貌。

建筑是文化的符号。我建议你，不管天晴还是下雨，从一德路的骑楼慢慢徜徉到石室，再从石室走到海珠广场，一定能看到这座城市最美的风景，一定能走进这座城市的内心。

梅州的林风眠
中国的林风眠

韩帮文

◇◇◇◇◇◇◇◇◇◇

来到世界客都梅州，第一站便去了林风眠故居。

那个夏日午后，天色阴沉着，不时飘下小雨。车窗外的远山映现着朦胧墨绿的曲线，路边的榉树高大浓郁，透过榉树看到小河对岸田畴阡陌，庄稼、菜蔬有如画家涂抹的色块斑驳淋漓。经过阁公岭村牌坊，步行几百米，就看见一栋白墙黛瓦的客家民居——敦裕居，终于到了艺术大师“既熟悉又喜爱”的地方。

院子里布满了一颗颗的鹅卵石，在细雨的滋润下更显得光滑黑亮了，鹅卵石上一定留着小凤鸣（林风眠原名）嬉戏的欢笑声，他

| **细雨中的林风眠故居**　韩帮文 摄

爷爷磨石刻碑的清响，他父亲教他临摹《芥子园画谱》的谆谆之音。

现在，林风眠故居已经变成了一个他的艺术纪念馆，走廊里、房间的墙壁上挂着他的生平展板与杰作复制品，一个小房间还复原了他当年居住、生活的场景。这个家室给林风眠留下了太多复杂的记忆，他的生命在这里诞生，他9岁就成为卖画神童，而不幸的是，在他6岁的时候，眼睁睁地看着母亲被宗族几近折磨至死，最终被卖到异乡，再也没有相见。

那么小的年纪就经历了失母的撕心裂肺之痛，那么敏感孤寂的心究竟在世上还要经历多少凄惨风雨！这份疼痛成为他浓郁的心结，也让他一生无法释怀。他画的那些丹凤眼微微上翘的仕女形象，寄寓着他对母亲美好印象的怀念；他画了不少《宝莲灯》题材，总是幻想自己能像沉香一样劈山救母。他画过不少家乡的青山、小河与林木，也时常公开表达对家乡的热爱，对童年的怀恋，但自从19岁踏上去法国的游轮之后，在屡倒屡起、屡起屡倒的充满苦难却又如此壮观的91年人生中，再也没有回到阁公岭、回到梅州。1978年，他在广州辗转离开内地去香港，也没有顺便折回“梅江边的一个山村”。

但林风眠总是属于梅州的，属于那座古城的青山绿水，属于崇文重教的客家文化。“我想也许因为我从小生活在山村里，对大自然的爱好成为一种习惯。”他的包蕴着凄冷与热烈的画面，他的或淡远或凝重的艺术情调，都能在他的家乡找到根底。

他出生于1900年11月22日，按林风眠的说法，便是“我生在那倒霉的庚子年”。那一年，八国联军侵华，公然洗劫北京城。作为20世纪的同龄人，他不仅亲历了这个翻天覆地的百年，也参与了这个百年文化艺术的建构。他的屈辱与抗争，他的激烈的纸上墨变，他的心系苍生的悲怀，他的对艺术本性的执念，都嵌入了历史的喧嚣与躁动。一个人可以串联起一段深广的历史，可以支撑起一个民族的文化理想。他就是林风眠。

吴冠中如此评价老师林风眠的历史地位：“从东方向西方看，从西方向东方看，都可看到屹立的林风眠。”一句话道出林风眠的艺术追求、艺术特点和成就。林风眠走的是中西融合的艺术道路，“其命惟新”是他艺术生命的精粹，也是整个岭南艺术贡献给古老大地的文化智慧。就翻开近现代艺术史吧，那些从蛮夷之地走出来的俊彦——李铁夫、高剑父、李金发、蔡楚生、冼星海，这个名单可以拉得很长很长——没有偏于一隅，都是站在历史的潮头，在大格局中重新考量民族的艺术与生命的艺术，以求浴火重生。

在梅州谈论林风眠，就会自然地想起另一艺术巨擘李金发，他是中国象征派诗的鼻祖、著名雕塑家。颇为巧合的是，两人同为梅县人，两家相隔不到30公里；两人同年同月隔日生，同为梅州中学学生，同时登上邮轮赴法勤工俭学；后来又同在杭州艺专（中国美术学院前身）工作，同在一条街道生活。

李金发有一诗歌名句，“生命，是死神唇边的笑”，大抵可以概括他们这一代人在大时代中知困勉行、汲汲求变的生命个性。

世界之窗

费勇

◇◇◇◇◇◇◇◇◇◇

“世界之窗”不在别处，就在深圳，在深圳的一条主干道边。因此，先让我们来谈谈深圳。这座开放的城市，没有太多历史，没有太多名胜，但是每天有许多人从中国的“内地”（这是华南地区尤其是香港的中国人对广东以外的中国地区的称谓，似乎与北京人的“外省”一词有类比性）来到深圳旅游观光。

20多年前，我们许多人都把深圳读成“深川”，对深圳充满向往。然后，似乎在一夜之间，深圳成了中国最著名的城市，或者说，最富有活力的城市。这座城市几乎平地而起，是历史的产物，或者说，是一个伟人构思的产物。它是一座实验性的城市，指示着中国未来的方向。“特区”这个命名意味着：在此地，你可以做在中国别的地方无法做的事。从20世纪80年代到90年代初，深圳这个地名沉淀着中国人的梦想与希望。无论谁，一旦到达深圳，就是与过去告别，变得一无所有，所有的只是对财富的强烈信念，对未知未来的强烈憧憬。深圳是梦想之城，是乐园式的城市，遥遥地指向着一个迷朦而美好的未来。期盼的兴奋与失落的茫然，交织在这座城市的每一种氛围里。

那时候，许多游人费尽周折才弄到一张通行证，到深圳，为的是看深圳的大街、高楼、商场。他们看到的是他们未来的生活。

然而，仍有越来越多的人到深圳去旅游，他们能够看到什么呢？他们看到的是现代化潮流激荡之后的沉静，以及理想与激情燃烧过后的平淡。当然，人们大概不会在意这一些，他们感兴趣的是世界之窗诸如此类的风景点。正是这些风景点，吸引许多游客把深圳作为一个目的地。

没有太多文化记忆的深圳制造了一系列的乐园式风景，把中国的或中国以外的文化遗产以幻想的甚至以卡通的形式嵌入自己的血脉。它是中国主题公园的发源地。锦绣中华、中国民俗文化村、世界之窗、欢乐谷、未来时代、香蜜湖水上世界、香蜜湖娱乐城、青青世界、小梅沙海洋公园等一系列乐园式的风景区，在1989年至1999年的十年间相继建成，投资都在一亿以上，其中世界之窗更是耗资8亿。世界之窗从1994年到2000年初接待游客1500万人次，它的门票价格是每人100元。

在我看来，深圳几个最出色的主题公园隐含着与这个城市非常一致的基本主题：中国的崛起。而这个主题恰恰是20世纪80年代以来中国的时代主题：对国家而言，是要成为世界强国，对个人而言，是要成为成功者。无论国家还是个人，都面临着一种新的转型，都渴求着在转折中获得新的身份。追求成功与确定身份所引起的焦虑，在锦绣中华、世界之窗这样的乐园里，被一种乌托邦式的狂欢形构消解得一干而净，而乐园中的布局，处处抒发着中国人内在的民族激情和拥（占）有世界的幻想。

“锦绣中华”这个名词本身透露了以下一些信息：改写或重构历史的企图，“锦绣”一词抚平了近代中国历史的斑斑血泪，凸现了一个华美精致的中国形象，而“中华”一词粘合了近现代中国分离的阴影，营造了一种全球华人同根同心的庄严而热烈的气氛。锦绣中华与世界之窗正是旅游文化中融合了意识形态、艺术实验、市场操控三角因素而制造出来的典范文本。

“中华”与“世界”两个词构成了理解当代中国的关键词，它们的相互纠缠包藏着深层的中国梦想以及对西方的想象。

即使在世界之窗，中国（中华）仍是突出的基点。有意思的是，在世界之窗，中国只出现在世界广场，一个既是入口又是出口的所在，旅行开始之处又是终结之处，“一个可容纳万人的露天博物馆式的大剧场，四周有六道城门象征六个文明发祥地：印度、中国、伊斯兰、巴比伦、埃及和美洲，门与门之间的浮雕巨墙高 10 米、长 186 米，展现千万年的人类文明史。108 根世界各种柱式沿墙傲然耸立，象征人类文明的支柱。广场前方有维纳斯、大卫、唐神王，非洲母与子等十尊雕像迎送宾客。华灯初上之时，世界广场烟花争艳，五洲歌舞团的演出美轮美奂，缤纷撩人。”（出自世界之窗宣传资料上的简介）在此，中国作为文明的发源地屹立。同时，“中华门”是整个景区的入口，据宣传资料上说，这意味着“从中国走向世界”。也许，更确切的解读是，这意味着世界之窗里的世界是中国所建构起来的世界。

世界现在处于南中国改革开放之都深圳之中了。它不在我们之外，而在我们之中。我让自己以一个纯粹的中国人的心态在世界之窗里穿越。我发现了许多难以觉察到的微妙的乐趣，觉得那 100 元（有时贵至 120 元）的门票物有所值。就在我写这些文字的时候，外面客厅里的电视机传来一阵歌声，几句歌词飘进耳朵：“万众一心冲冲冲，说定了别让我们等得太久，冲过去地球就在你的脚下。”

我想要说的是，当你进入世界之窗，你无需花费什么力气，地球就在你的脚下了。你进入了一个微型的国度。即使像埃菲尔铁塔，看起来好像真的一样，但仍是缩小了的。至于其他的景物，则完全是微型的。你走过美国，走过非洲，走过欧洲……这些与我们相距十分遥远似乎遥不可及的地方，现在就在你的脚下，你俯视着它们，你好像是小人国里的巨人。这些你在现实中根本无法自由来往的区域，此刻在你的脚下，没有了任何防线，你随心所欲地来来往往。世界在我们的掌握之中。

在此地，一切都被过滤成明快的特点鲜明的文化标志，相互和谐地并列在一起，构成了一个彼此可以抵达的圆形结构。在游客的眼光之中和脚步之下，世界之窗里的世界将变得越来越完美，这也是我们所期待未来可以实现的梦。

| 深圳世界之窗

| 林帝浣 摄

珠海外伶仃岛

外伶仃岛属南海万山群岛，位于香港之南，是珠海市东区辖下一个海岛镇，

西距澳门、珠海市区 27.5 海里，北距深圳 35 海里左右，

距香港长洲 6 海里，九龙尖沙咀港 11 海里，每天有高速船及游艇往来。

| 林帝浣 摄

湛江吴阳金海岸

广东湛江吴阳金海岸，在海边山上俯视夕阳海滩，

远处海滩造型美妙，有一对父子在奔跑玩耍。

| 林帝浣 摄

珠海东澳岛

东澳岛的蓝天、白云、青山和绿水巧妙地结合在一起，画卷天成。

既有气势磅礴的豪迈海景，又有温婉秀美的林中小景；

既有原始纯净的自然风光，又有悠远旷达的历史遗迹；

既有多彩的陆上风情，又有神秘的海底世界，令人流连忘返。

| 林帝浣 摄

广州沙面

沙面位于老城荔湾区珠江白鹅潭的北岸，

是一个面积仅有 0.3 平方公里的椭圆形小岛，

由一条细细的河涌将繁华闹市隔在外面。

叁

闻道

我们要改造中国的局面，非国民革命策源地的广东不能担当；我们要革新中国的文化，也非在国民革命的空气中所酝酿的珠江文化不能为力。

—— 郭沫若《我来广东的志望》

广东是旧文化的保存所，又是新文化的策源地。因而粤人既是旧文化的守护者，又是新文化的先锋队。

—— 陈序经《广东与中国》

在中国历史上，广东常常被认为是蛮荒之地，被称作“南蛮”，但恰恰是这种边缘地位，使得广东这块土地充满创造的勃勃生机，从汉朝以来，就不断出现创造性思想的源流，尤其是唐代惠能的禅宗，以及近代的社会现代转型思想，不仅深刻影响了中国，也影响了世界。

在广东发源的创造性思想，第一次是牟子（170—？）在中国历史上第一次将儒、释、道并论；第二次是六祖惠能（638—713）的南宗禅改造了印度佛教并深刻影响了中国文化，至今还在影响着现代文化和生活，是一种正在进行时的思想资源；第三次是明代陈白沙，创立了江门学派，成为理学中的一个独特分支，承前启后，影响了王阳明心学，这是广东的儒学第一次得到全国的尊崇；第四次是利玛窦在广东肇庆、韶关滞留十五年传教，带来了西方的天主教和科技文化知识；第五次从郑观应到康有为、梁启超的近代改良思想；第六次是孙中山的三民主义。

◇◇◇◇◇◇◇◇◇◇

一位广东文盲
如何改变了世界？

费勇

1

前几天，在清华大学参加一个活动，一位老师演讲的时候提到，他不久前去伊朗的一所著名大学访问，对谈期间那所大学的校长感叹：你们中国人太不懂得宣传自己了，禅宗在西方影响那么大，但大多数的西方人都以为禅宗是日本的。

这些年来，中国人花了不少的钱，要让“中国文化走出去”，但事实上，中国文化里的禅宗早就已经不花一分钱走向世界了，但中国人自己对于禅宗好像并没有多少了解，甚至忘了这是中国的东西。

一般中国人总以为中国文化在世界影响最大的应该是孔子、儒家，但细细考察，你会发现，孔子儒家的学说，在西方的学术界当然有很崇高的地位，但只是在学院里，在书斋里，并没有影响到西方人的生活。而禅宗，却超越了学术界，进入了西方人，尤其是美国人的生活里，成为一种很现代的生活方式。

2

随手举几个例子。

乔布斯十九岁在里德学院，接触到禅宗，成为他一生的信仰。

科特基（乔布斯的大学校友，苹果早期员工）说："乔布斯是个十足的禅宗信徒，禅宗对他的影响非常深远。这一点你从他极简主义的美学观点和执着的个性上可以看出来。"

乔布斯自己说："我当时身处一个神奇的时代，提升我们觉悟的是禅宗，还有迷幻药。"

乔布斯的禅宗师傅叫乙川弘文，是铃木俊隆的助手，铃木俊隆就是《禅者的初心》一书的作者。乔布斯说："与乙川弘文的碰面对我来说是一段意义非凡的经历。"

后来，大家都知道的，有了"苹果禅"。

伊哈布·哈桑把后现代文学称作“沉默的文学”“禅的文学”。其实，不仅仅文学，还包括后现代艺术，都和禅宗有着很深的联系。凯鲁亚克、杜尚、凯奇……美国、欧洲的现代文学艺术里回荡着禅的回响。

还有心理治疗，还有企业管理，还有设计，等等，都可以找到禅的痕迹……

在中国文化里，只有禅宗是走出了书斋，进入了西方人的日常生活，是一种活的东西。

在20世纪，中国人从西方学到的是科学和民主。

而西方人，从中国学到的是禅宗。

只不过，西方人是通过日本人学到中国禅宗的。

3

美国人、欧洲人对于禅的了解都和一个人有关，
这个人叫铃木大拙。
1893 年芝加哥世界宗教大会，首次有佛教代表参会。
一位是日本临济宗的洪岳宗演，
一位是斯里兰卡的佛教学者达摩帕拉。
宗演开启了禅宗在美国的传播。
宗演的翻译是铃木大拙（1870 — 1966）。

铃木大拙 1898 年到伊利诺州，
住了十年，翻译了大量佛经，
撰写了几十本关于禅宗的书。

禅宗在西方的流传，铃木大拙的作用巨大。
铃木大拙之后，影响比较大的禅师是铃木俊隆，
1960 年代在旧金山建立禅修中心，
吸引了包括乔布斯在内的很多美国人。

新兴国恩寺　广东省旅游局供图

国恩寺位于广东省新兴县，始建于唐代高宗弘道元年（683 年），与广州光孝寺、韶关南华寺鼎足而立，并称六祖三大祖庭。国恩寺因为既是六祖家乡所在地，又是六祖弘法、示寂以及辑录“坛经”的圣地而名扬海内外。

4

铃木大拙讲的禅宗，是中国禅。

翻看铃木大拙的书，列举的公案，基本是中国的。

中国禅，是佛教中国化后的产物。

胡适先生曾说：

“总结一句话，禅宗革命是中国佛教内部的一种革命运动，代表着他的时代思潮，代表八世纪到九世纪这一百年来佛教思想慢慢演变为简单化、中国化的一个革命思想……佛教极盛时期（公元700 — 850年）的革命运动，在中国思想史上、文化史上，是很重要的。这不是偶然的。经过革命后，把佛教中国化、简单化后，才有中国的理学。”（《胡适学术文集·中国佛学史》，中华书局，1997年版）

钱穆先生也有类似的观察：

“当时禅宗的兴起……单就宗教立场来看，也已是一番惊天动地的大革命。从悲观厌世的印度佛教，一变而为中国的一片天机，活泼自在，全部的日常生活一转眼间，均已“天堂化”“佛国化”，其实这不啻是印度佛教的取消。但在中国社会上，在中国历史上，如此的大激动，大转变，却很轻松很和平地完成了。只在山门里几度瞬目扬眉，便把这一大事自在完成。我们若把这一番经过，与西方耶教的宗教革命做一个比拟。他们是流血残杀，外面的争持胜过了内面的转变。我们则谈笑之，内里的翻新胜过了内面的转变。这岂不已是中国文化最高目的之人生艺术化一个已有成绩的当前好例吗？”（钱穆《中国文化史导论》（修订本），商务印书馆，1997年版）

按照胡适先生和钱穆先生的意思，禅宗是佛教中国化的产物，是对于佛教某种程度的革命，完全是中国文化的东西。

禅宗在唐宋鼎盛。后来经历晚清、民国、“文革”一连串动荡的时代，在中国本土，禅的精神渐渐衰败，却在日本一直延续，并成为日本人生活美学的重要源流。又由日本，把它传到了西方。

5

中国禅宗的思想经典是《坛经》，《坛经》出自六祖惠能之口，惠能创立的南宗，后来成为中国禅宗的主流，所以，惠能事实上是中国禅宗的大宗师。

惠能到底是怎样的一个人？留下来的资料并不多。

公元638年，也就是唐贞观十二年，惠能出生在广东新兴，即当时的新州。他的父亲姓卢，本来是范阳人（今河北境内），不知道犯了什么过失，不仅丢掉了官职，而且被流放到了岭南。惠能很小的时候，父亲就去世了。他和母亲流落到南海，相依为命，靠卖柴维持生计，尝尽人情冷暖。

有一天，他给一个客人送柴时，无意中听到有人在读《金刚经》。一听之下，如遭电击，好像明白了什么。他问客人，在哪里能够学习到《金刚经》里讲的道理。客人告诉他在黄梅的冯茂山有一位弘忍禅师，座下有成千的弟子。于是，惠能就立即辞别老母，一路往黄梅去求法。这是《坛经》里的记述。在另一本文献里，讲他听了《金刚经》后，就起了学习佛法的心愿。直到母亲去世，他才离开家乡，踏上修行的道路。

惠能先是到了曹溪（今广东曲江县境内），在那里结识了同样学习佛法的刘志略，并结为兄弟。刘志略的姑妈是一个尼姑，叫无尽藏，在当地的山涧寺出家。

惠能白天和刘志略一起劳动，晚上就到山涧寺听无尽藏诵读《大涅槃经》。惠能听的时候，常常说出自己的感悟。无尽藏觉得惠能的见解独到而深刻，却没有想到惠能一个字都不认识，很奇怪不识字的人怎么能理解经文的意思。

惠能对她说："佛性之理论，非关文字能解。今不识文字何怪？"大意是佛的道理，并不是文字才能解释的，而是要靠自己的心领悟，所以，不识字而能明白佛理又有什么奇怪的呢？惠能在曹溪期间，据说曾到宝林寺学习过大概三年时间。

然后，听说乐昌有位远禅师在石窟里修行，便前去请教，向他学习坐禅。又到附近的惠纪禅师那里，听他念《头陀经》。然而，他们的方法都不能让惠能觉得满足。于是，他下决心前往黄梅，看看从弘忍禅师那儿是否能够学到真正的解脱法门。

韶关南华寺
南华寺坐落于广东韶关市曲江市马坝镇东南7公里的曹溪之畔，是禅宗六祖惠能宏扬『南宗禅法』的重要道场。

公元674年，三十七岁的惠能翻山越岭，长途跋涉，一个人到了黄梅的冯茂山。那时候，弘忍的门下已经有近千名的信徒。按照《坛经》的记载，弘忍开始的时候，对惠能好像不怎么看得上眼。这么一个蛮荒之地来的蛮子，到这里来做什么呢？弘忍就问惠能："你哪里人啊，为什么要来礼拜我？想从我这里学到什么呢？"惠能回答："弟子是岭南人，新州的小百姓，大老远的到您这儿，不求什么，只求成佛的方法。"弘忍就说："你是岭南那边的人，又是个蛮子，怎么能学习成佛的方法呢？"惠能回答："人有南北的分别，但佛性并没有南北的分别。蛮子的身貌和和尚的身貌不同，但佛性又有什么不同呢？"

弘忍听了，不再发问，觉得惠能不是等闲之辈。但有意思的是，他安排惠能去了碓房打杂，一去就是八个月。也就是说，这八个月，惠能的学习，不过是每天做杂活。

有一天，弘忍突然对门人说，要选择一位接班人。怎么选呢?不是指定，而是考试。如果自己觉得已经有所觉悟了，就写一首偈呈上来。弘忍会根据偈来确定接班人。结果，大家都等着神秀写偈，因为神秀是门人里公认最聪慧的。神秀只好写了一首偈：“身本菩提树，心如明镜台。时时勤拂拭，莫使惹尘埃。”

惠能看到这首偈，觉得不过瘾，就自己吟了两首，让人写在墙壁上。

第一首:“菩提本无树，明镜亦非台。本来无一物，何处惹尘埃。”

第二首:“心是菩提树，身是明镜台。明镜本清净，何处染尘埃。”

和神秀的中规中矩相比，惠能的偈一下子把人带到了一种广阔自由的境界，是颠覆性的思维方式。弘忍看了以后，知道惠能已经彻底觉悟，便悄悄地把衣钵传了给他，并让他连夜离开黄梅，往岭南方向走去。结果，引起关于衣钵的争夺。弘忍其他的门人不服惠能，有些一路追赶，想抢回衣钵。

到了岭南，惠能回到新兴、怀集、四会一带，隐居在山林里，和猎人为伍。这种避世的生活有说是十六年，也有说是三年。总之，是过了一段完全隐遁的生活。

6

公元 676 年，惠能到了广州的法性寺（现在的光孝寺），在那里正式剃度出家。在法性寺的时候，发生了一个有名的故事，就是“风动还是幡动”的故事。

那一天是正月十五，寺里悬上了幡。在夜晚的月光里，几个和尚看到幡在风里飘荡，便议论起到底是风在动还是幡在动。有和尚说：幡没有生命，当然是风在动。有和尚说：幡没有生命，风也没有生命，是因缘和合的缘故它们一起在动。也有和尚说：只见到幡动。

众人各执一词，争执不下。惠能在旁听了，大声说：风幡都没有动，是你们的心在动，是你们的妄想在动。一下子让大家豁然开朗。

在法性寺出家不久，惠能就到了曹溪，就是现在韶关一带，在那里的宝林寺和大梵寺弘法，向自己的弟子，也向社会上一般的民众，宣扬自己修佛的方法。

据《曹溪大师别传》里记载，惠能最初弘法的时候，对听讲的人说：“我有法，无名无字，无眼无耳，无身无意，无言无示，无头无尾，无内无外，亦无中间，不去不来，非青黄赤白黑，非有非无，非因非果。”

广州光孝寺

广州民谚曰：“未有羊城，先有光孝”。光孝寺被誉为岭南第一名刹，昙摩耶舍、达摩、鉴真等高僧都曾在光孝寺弘法，在中外文化交往中留下宝贵篇章。最著名的当数在寺内中国第一棵菩提树下剃度受戒的六祖惠能，他在光孝寺的庭院中所作的“风幡论辩”名震佛门，传诵千古。

惠能说的是佛性。佛性难以用文字表达，所以，惠能用了一连串的“无”“非”，就像前面那首诗，一下子全部“否定”掉：“本来无一物”。不是这个也不是那个，不是有也不是无……那么，是什么呢？把习惯文字语言思维的人逼到绝处，然后，会突然恍然大悟。惠能的这种方法，是用文字来质疑文字，用文字来开启文字无法表达的那扇门。这就是惠能开创的“顿教”法门，后来成为禅宗独具的风格。

《坛经》记录的，就是惠能在曹溪讲授的佛法。惠能在曹溪二十多年，到了晚年，名声已经远播京城。岭南在中国古代一直是化外之地（旧指政令教化达不到的偏远地区），惠能的出现，可能让岭南第一次成为一个文化的中心。大约在八世纪初左右，武则天和唐中宗先后两次派使者到曹溪，恭请惠能到京城的皇宫里去讲授佛法。惠能都以身体不好婉辞了。

公元 705 年，使者薛简回京城之前，请求惠能传授坐禅的心法给自己，以便他回去可以向皇帝有所交代。惠能就从《金刚经》里“若人言如来若坐若卧，是人不解我所说义”那句讲起，讲了“不生不灭”的道理，让薛简明白到：“佛性本自有之……今日始知至道不遥，行之即是；今日始知涅槃不远，触目菩提；今日始知佛性不念善恶，无思无念，无知无作不住；今日始知佛性常恒不变，不为诸惑所迁。”

惠能为薛简传授的坐禅心法，用现在的话来说，大意是坐禅的重点不在于坐，靠坐，坐不成佛，而要靠觉悟，靠行动。你只要不造作，就能成佛。

怎样叫不造作呢？就是在日常生活里好好生活，但不要起心求这求那，也不起心分别这分别那。是的，你就这样好好地活着，花开花落地活着，阴天晴天地活着，就可以了。你不需要离开尘世去生活，专门去找什么佛性啊、寂静啊，专门去找，一定不会找到。

公元 712 年，惠能回到故乡新州的国恩寺。公元 713 年八月初三，惠能在国恩寺圆寂。当年的 11 月，遗体回到曹溪。惠能的弟子据说有几千人，有名的弟子如法海、志诚、法达、智常、志通、法如、神会等，还有历史上非常有名的禅师青原行思、南岳怀让、南阳慧忠等，也都曾经向惠能学习禅法。

7

《坛经》这样一部在人类思想史上有重大影响的经典，居然出自一个文盲的脑袋，可能是思想史上唯一的例外。

也因为惠能，因为惠能的禅宗，广东，或者说岭南，在惠能圆寂前后的一段时间，具有文化中心的意义。

当年惠能播下一颗伟大的种子，随风飘荡，飘到了扶桑，又从扶桑飘到了美国，在那里落地生根，长出了茂密的树林。今天我们在京都，甚至东京，在旧金山，如果你熟悉禅宗，你会发现这些地方的日常生活里有禅的气息。

但是在惠能的故乡，很长时间里人们并不知道此地有过这样一种思想源流，现在还在影响西方人的生活；人们并不清楚，此地曾经创造了人类精神史上最富创意的思维方法。

禅宗是广东用之不竭的源泉，有了它，广东本来应该是世界的禅学中心，是世界的禅生活体验中心，应该是世界的创意中心。

8

南华寺从唐代到现代，历经几次毁灭。最近的一次是“文革”期间。南华寺的命运，和中国的大环境一样，在毁坏和重建中循环。

抗日战争期间，虚云（1840—1959 年）大师历尽艰难，重建南华寺。1950 年，大师从香港返回南华寺，承担护法使命。

1959 年，虚云老和尚病重期间，有弟子去看他。他拿起禅板，对弟子说：“一个人做事的时候，就要认认真真去做。做好之后，就要像这块竹板一样，空无所有。”弟子劝他保重法体，久住世间，化度有情。老和尚说：“和你们讲了许多，你们还是说凡夫话。”又拿起禅板问：“你们看看有什么东西？”大师曾说：“登山须到顶，入海须到底。登山不到顶，则不知宇宙之宽广，入海不到底，则不知沧海之深浅。”讲的是佛法的修行、对于真理的寻求应当抱着究竟的态度。

这是禅的生活态度：

每一个当下都要极致。

每一个当下都是完成。

广州六榕寺　林帝浣 摄

六榕寺位于广州市六榕路，因苏东坡当年为寺庙题字“六榕”而得名。南朝梁大同三年（537 年），昙裕法师奉梁武帝命，在此创建宝庄严寺和舍利塔。“初唐四杰”之一的王勃曾在此留下墨宝。

这个广东的小村庄影响了王阳明心学

费勇

记得旧时好， 跟随爹爹去吃茶，
门前磨螺壳 ，巷口弄泥沙，
而今人长大， 心事乱如麻。

记得旧时遥， 喜看阿婆纺线纱，
瓦凹泡新茧， 院内惹雏鸭，
而今人长大， 心绪淡若茶。

记得旧时小，爱卷丫小衣襟角，
檐底蹲蚁巢， 树上共攀枣，
而今人长大， 心情恍比潮。

记得旧时淘， 总嫌先生讲乖巧 ，
车马混鱼龙 ，睁眼乐妖娆，
而今人长大， 心思飘成草。

记得旧时闹，偏要哥哥教捉虾 ，
墙角挖青苔 ，梢头斗知了，
而今人长大 ，心湖荡起潮。

这首诗说不上写得多么好，但有自然质朴的乡土气息，尤其有岭南乡间的气息。作者是一个了不起的思想家，叫陈献章，出生于 1428 年，就是明朝宣德三年，去世于 1500 年，也就是明朝弘治十三年，是广东新会人，但十岁就迁居江门的白沙村，所以后人尊称他“白沙先生”。

他创立了“江门学派”和“白沙学说”，“在明朝万历年间，第一次让‘地处江湖之远’的广东儒学得到了举国前所未有的尊崇。因此，位于江门的白沙祠，是广东少见的由朝廷诏建的官派建筑，也是明代广东村落与园林特色交会之地。”（司徒尚纪主编：《中国地域文化通览·广东卷》，中华书局，2014 年版）

中国儒学，在宋元时代理学兴盛，代表人物是朱熹，明代是心学兴盛，代表人物是陈白沙和王阳明。陈白沙去世的时候，王阳明二十多岁。陈白沙“有一个弟子湛若水，号甘泉，亦是广东人，与他齐名。当时称陈湛之学，或称湛王之学。甘泉做的官很大（礼部尚书），去的地方亦很多，所到之处，就修白沙书院，陈学的光大，算是靠他。甘泉比（王）阳明稍长，甘泉三十余岁，阳明二十余岁，同在北京做小京官，一块研究学问。阳明受甘泉影响很大，亦可以说很受白沙的影响。”（梁启超：《儒家哲学》，中华书局，2016 年版）

冯友兰在《中国哲学史》里也提到，王阳明的学说，当然是他自己创造，但一定受了陈白沙和湛若水的影响。明末清初思想家黄宗羲在《明儒学案》里从明代整个学术的脉络评价陈白沙：“而作圣之功，至先生（白沙）而始明，至文成（阳明）而始大。”

在静中养出端倪。这是陈白沙倡导的方法，强调自得之学，一个人要立诚、立志向，要在宇宙之中张扬个体的价值，“天地我立，万化我出，而宇宙在我矣。”又强调自然为宗，“道本自然，人不可以智力与，才欲自然，便不自然。”

陈白沙一生中很长一段时间在家乡的春台设馆讲学，弟子遍天下，是一个优秀的教育家。他的教学方法可以归纳为：一、先静坐，后读书；二、多自学，少灌输；三、勤思考，取精义；四、重疑问，求真知；五、诗引教，哲入诗。他还编了《戒色歌》《戒戏歌》《戒懒文》等通俗易懂的诗歌，作为道德、修养的教育。

陈白沙纪念馆—贞节牌坊

位于江门市蓬江区白沙大道。从前门进入，迎面而来的，就是颇具雄浑气势的贞节牌坊。这座牌坊始建成于明成化十三年（1477 年），曾经历多次重修。这是为纪念陈白沙的母亲林氏所建。陈白沙的父亲在陈白沙出生前一个月就去世了，24 岁的母亲林氏没有改嫁，生下陈白沙后，她独自一个人挑起了抚养陈白沙的重担。

向西方
寻找真理的一派人物

费勇

毛泽东说："自从1840年鸦片战争失败那时起，先进的中国人，经过千辛万苦，向西方寻找真理。洪秀全、康有为、严复、孙中山代表了在中国共产党出现之前向西方寻找真理的一派人物。"

四个人里，广东人占了三个。其实，从十九世纪到二十世纪初，广东出现了一批向西方寻找真理的人。而西方新事物、新思想进入中国，大多从广东开始。广东成为近代中国新事物的诞生地，新思想的策源地，也是革命的策源地。

1805年，英国东印度公司医生皮逊（Alexander Pearson）写成《种痘奇方详悉》一书，把种牛痘法引进广州，从此中国有了种牛痘法。1827年，英国东印度公司医生郭雷枢（L.R.Collodge）在澳门开设中国第一家眼科医院。

1835年，美国传教士医生伯驾（Peler Parker）在广州开设眼科医局，招聘了几个中国年轻人，培训医疗知识，培养医务人才，这是中国人学习西医的开始。这所医局后来成为博济医院，孙中山曾经在这里学医。

1820年，广东梅州人谢清高，在澳门以口述的形式写成《海录》，是我国第一部介绍世界地理概况的著作，纪录了亚、非、欧85个国家和城市的风土人情。1819年出生于广东南海的邹伯奇是我国地理学的先驱，1844年他用近代测量方法绘制了一幅中国地图《皇舆全图》。

广东还是中国报刊的发源地。1833年，普鲁士传教士郭实腊（K.F.Gutzlaff）在广州创办《东西洋考每月统记传》，是中国境内出版发行的第一份中文报刊。在鸦片战争前，外国人在广东办了六种中文报刊。鸦片战争后 ，1874年创办于香港的《循环日报》是中国第一份以政论为主的报刊，主编是王韬。

1851年1月，在广西爆发太平天国农民起义，引起全世界关注。发起人洪秀全是广东花都人，1843年创立拜上帝会，由此开始传教。洪秀全的太平天国理论，糅合了西方的天主教、中国传统的农民运动思路、儒家的一些思想，提倡均平，相信“皇上帝”，相信在人间建立天国等等。洪仁玕的《资政新篇》是太平天国后期的理论，提出了建立现代文明国家的初步思考，是中国社会现代转型过程中的思想遗产。

1894年，广东香山人郑观应（1842—1922年）推出《盛世危言》，引起全国讨论，成为近代改良主义思想的纲领性文献。在这本书里，除了强调向西方学习科技、政治制度之外，还特别提出了“商战”这个概念，认为对于商业的轻视是中国落后的重要原因，而商务是整个社会政治、军事、工业、农业、教育等领域的物质基础，所以，能否真正决胜于世界之林，取决于中国是否能够赢得商战。

郑观应还提出要开办议院，认为议院是“治乱之源，富强之本”，“今日中国大局，列强通商势难拒绝，则不得不律以公法。欲立公法，一必先立议院，达民情，而后能张国威，御外侮。”

康有为（1858—1927 年）和梁启超（1873—1929 年）的名字和戊戌变法联系在一起。1898 年 6 月 11 日，光绪皇帝在康有为、梁启超等维新派的支持下，开始了一系列的改革，包括废除科举、开放言论、开办新式学校、裁减政府机构等，1898 年 9 月 21 日慈禧太后发动戊戌政变，囚禁了光绪皇帝。康有为、梁启超分别逃往法国、日本，而谭嗣同等六君子被杀。这场历时 103 天的改良虽以失败告终，但在中国历史上影响深远，是一场思想启蒙运动，也是一次政治体制改革的尝试。

康有为是广东南海人，他年轻的时候，钻研过儒学，也学过佛学，1897 年到香港游历，接触到西方的政治思想。1891 年他撰写《新学伪经考》，1897 年撰写《孔子改制考》，1894 年撰写《大同书》，系统地提出了一套“托古改制”的维新理论，主张实行君主立宪。虽然目前学术界对于康有为的学说以及他的为人，有不少争论，但是，从特定的历史背景看，康有为的思想有他独到的地方。为了应对当时中国面对西方列强的侵略，而国内的清政府又隐含了满汉民族矛盾，康有为设计了“大中华”概念，儒家作为“国教”成为“大中华”的普世价值，孔子成为“教宗”，而皇帝是为儒教服务的。

无论从学术的角度，还是从政治的角度，康有为的理论都是儒家学说的一次新的发展，也是一次新的社会实践。

梁启超是广东新会人，他 12 岁就中了秀才，17 岁就中了举人。1890 年，梁启超 18 岁，一个偶然因缘见到 32 岁的康有为，当时康有为还是一个监生，学历上比梁启超低了一个级别，但康有为所谈的想法让梁启超受到极大震动，觉得原来为了科举学的东西都是僵化的东西，而康有为让他看到了真正的学问是什么，他决定拜康有为为师。

梁启超在戊戌变法之后，思想上和康有为渐渐分道扬镳，从一个保皇、保教的维新派最后转化成一个主张民主、自由的共和派，1902 年，梁启超在日本创办《新民丛报》，他自己持续在这份报纸上发表政论文章，也提倡诗界革命，介绍西学等，影响了一个时代。毛泽东就多次提到他年青时代受到《新民丛报》的影响，以及对于梁启超的推崇，说梁启超是当时最有号召力的政论家。

梁启超在近代中国，几乎是一位百科全书式的人物，在政治、教育、学术、文学等领域都有杰出贡献，他的文字著述达到 1400 多万字，大多收录在《饮冰室合集》里。

| 林帝浣 摄

封开古城

第一个把梵文 Buddha 翻译成“佛”的人

古代封开是岭南最早的首府，是粤语的发源地，秦汉时期是沟通岭北岭南的交通要道，也是中原文化与岭南文化最早的交会点，是汉代海陆丝绸之路最重要的对接点。

公元前111年汉武帝在今天广东的封开县和广西的梧州一带设立广信县，广信以东叫广东，广信以西叫广西。到东汉，广信聚集了一个文化群体，有牟子、陈元、陈钦等人，在学术思想各有贡献，其中牟子(170 — ？)写的《理惑论》，是中国早期重要的学术著作。在牟子之前，僧人把梵文的 Buddha 译成“浮屠”，牟子把它译为“佛”，沿用到今天。

当然，更重要的是，牟子第一次把佛教和儒家、道家的理论相提并论，并分析它们之间的关系；我们今天常常说的“儒释道”，大约是从牟子开始的。

肇庆崇禧塔

利玛窦 1583 年进入中国肇庆，在崇禧塔边建了一所小房子，开始传教。这所小房子在 1585 年扩建成为中国第一座天主教教堂，后来毁于一场大火。

利玛窦 1552 年出生于意大利，1577 年被教会派往东方传教，1582 年，他历经千难万险到达中国澳门。

他在肇庆传教六年，传播了不少西方的科技和文化知识，他在仙花寺挂出了第一幅中文的世界地图，改变了中国人对于世界的认知。为了符合中国人的习惯，利玛窦把这幅地图叫做《山海舆地全图》，并把中国画在了世界的中央，但不管怎样，这幅地图让中国人认识到在中国之外还有广大的世界，影响深远。另外，利玛窦在肇庆挂出了中国第一台机械自鸣钟，建立了中国第一座西文图书馆，出版了中国第一本中西语辞典《葡汉辞典》，第一次将“God”翻译为“天主”。

——韩帮文 摄

万木草堂

万木草堂位于广州中山四路长兴里 3 号。1891 年，中国近代维新派代表人物康有为，为了宣传其维新变法思想和培养变法人才，租借广东省邱氏子弟到省城应试的居住处部分房舍作为讲学堂，聚徒讲学，宣传改良主义思想，成为戊戌变法的策源地。

万木草堂明确提出中体西用的办学宗旨，而且采用中西并重的教育内容与教学方法，对当时的书院教学影响很大。后来，康有为的学生梁启超在湖南主讲时务学堂时，基本上因袭了万木草堂的办学精神。

—林帝浣摄

中山纪念堂

孙中山（1866 — 1925）出生于广东中山翠亨村。在中国历史上第一次建立了一套民主共和理论“三民主义”，并结束了中国长达两千多年的专制体制，建立了亚洲第一个民主共和国——中华民国。

1905年孙中山创立中国同盟会。1912年1月1日，孙中山被推选为中华民国临时大总统。孙中山的思想主要体现在《建国方略》《建国大纲》《三民主义》等著作中。

肆

知异

广东人于地理上受此天然优胜之感化，其剽悍活泼进取冒险之性质，于中国民族中，稍现一特色焉。

—— 梁启超《饮冰室文集》

吾粤人之所以为全国所重者，不在地形之便利，而在人民进取心之坚强；不在物质之进步，而在爱国心之勇猛。

—— 孙中山

广东将外面的世界带过来的主要抓手，是一代代数不尽的华侨。

中国历史上第一代真正意义上的华侨，即出现在唐朝的广东。彼时，岭南儿女将买卖一路做到了东南亚，并在当地住下。他们带去的是丝绸、瓷器与诗歌，带回的则是粮食蔬果。

不过作为全国最大的侨乡，广东人大规模出海，那是要到鸦片战争以后了。有海水之处，便有广东华侨之足迹，说的就是这段历史的结果。

他们侨居海外，就像饱含深情又清醒决然的第三只眼，密切观照着世界之中国、近代之中国、风雨之中国。他们不吝财力物力人力，把国外的财富、文化、服饰、饮食、器物、思想，纷纷带回家乡广东。这不仅仅在当地形成了蔚为可观的侨乡特色文化，还深刻影响了近现代中国进程与社会生活的方方面面。

所以，孙中山先生说，华侨为革命之母。

广东华侨的足迹，是广东地理版图的无限延伸，广东与世界、中国与世界发生的丝丝缕缕的关联，很大程度上就是华侨以血肉之躯与悲惨生命凝结的。

去广东寻觅华侨的踪迹，就是要解答主导中国近现代转向的为何是广东人。

一位广东草根的世界视野

韩帮文

1

广东的高光时刻不在秦汉，不在唐宋元明，而在近现代。

晚清之后，广东这个中国大家庭的后起之辈，终于彻底爆发，终于迎来蜕变与新生，也终于以一种逆向的方式，对内地形成强势冲击与影响。洋务运动、戊戌变法、辛亥革命、国共合作、北伐战争……广东突然站在了历史的最前沿，狂飙突进，一发不可收拾。

为什么会是广东？

为什么广东能在近代引领历史风尚？

为什么广东会有如此强大的活力？

回答这个问题，不妨先看一段近代史的一个小插曲——留学，看一看留学生从外面的世界为广东带来了什么，为中国带来了什么。

2

中国留学第一人就是广东人容闳，他有“留学之父”之誉。

1828 年 11 月，容闳出生于广东省香山县南屏村（今属珠海市）一个普通农民家庭，家境相当贫寒。

19 世纪以来，世界潮流浩浩荡荡，珠三角得其地利，站在了一个观察世界的绝佳窗口。容闳的家乡南屏小村，与被葡萄牙殖民者占领的澳门仅一水之隔，相距不到 4 英里，用双眼就看到了外面的世界。而容闳很小的时候，就与世界发生了关联。

中山大学十八先贤广场的容闳像

为了供一家长子（即容闳的哥哥）进入私塾习儒学，家里已经没有多余的钱了。父亲便把 7 岁的容闳送进了学杂费全免的澳门洋学堂。

正所谓“有心栽花花不开，无心插柳柳成荫”，这位朴实的老父亲大概怎么也不会想到，最后光耀门楣的，并不是那个读四书五经、走正统之路的大儿子，而是自己抱着随便一试的心态送去洋学堂的小儿子。

18 岁那年，教会学校的布朗校长要回到自己的祖国，有意带走几名学生赴美深造。当时只有容闳第一个站了起来，他坚定地告诉布朗先生，自己想亲眼看看书本上那个精彩的新世界。

当时，中华帝国的大门刚刚被西方列强的炮火轰开，国人对外面的世界尽是茫然与恐惧，哪有什么胆量迈开步子出去看一看？这就等于自家穷苦院子被坏人践踏了，自己还要一脸懵懂地去坏人那里学习自强的学问，分明是凶多吉少。但就是这样，容闳毅然踏上了西去的轮船，去寻求富强的真理。

1847 年 1 月 4 日，容闳乘“女猎人”号帆船由黄浦江起航去美国。这只船满载中国的茶叶，目的地是纽约。而就在绕过好望角的时候，遇到一阵风暴，旅途遭遇顿挫：

当时狂风怒吼，好像有一群看不见的幽灵在我们后面呼啸。船桅上的电灯，在这漆黑的深夜中出现，这一派凄厉景象，使我终身难忘。虽然帆船在这惊涛骇浪中飘摇不定，但是我不知道它会有什

么危险，因此反而对着狂暴而不可思议的奇景感到莫大兴趣。（容闳：《西学东渐记》，中国人民大学出版社，2011 年版）

生命、未来、国家、民族……一切都是飘摇未定，唯一坚定的就是 19 岁青年人容闳闯荡世界的决心。很多时候就是这样，当一个人真正清楚最坏结果的时候，做起事情来反而无所畏惧、无甚负担了。

到达美国后，容闳俨然是要发愤图强。进预备学校，考入耶鲁大学，再以优异成绩毕业。1854 年，容闳成为第一位从美国大学毕业的中国留学生，同年回到中国。

回国后的第一件事，便是赶紧去澳门看望自己的老母亲。整整七年没有见面，没有书信往来，他唯一担忧的恐怕就是母亲的身体状况。对于这次探亲，容闳后来在回忆录中记述得特别详细，谨详录在此，一起去仔细体味一下中国第一位海外留学生归国后是如何面对他最亲近的人的：

渐趋平静之后，她抚摸着我的全身，表现出在耐心的思念中、蕴蓄了将近十年的母爱。我们紧紧地坐在一起时，我简短地讲述了自己在美国的生活，因为我知道她一定非常关心此事。我告诉她，我刚刚结束了五个月的烦闷航行，但没有遇到任何危险；在我侨居美国的八年中，到处遇见待我仁厚的好人；我的健康状况良好，从未得过什么大病；我在这八年中的主要目的是学习，为终身服务祖国做好准备……

我还告诉她，在读完四年大学课程以后，我得了学士学位，相当于中国的秀才，在毕业证上写着这个头衔；并且告诉她，毕业于耶鲁大学即使对于美国人也是一件极为光荣的事，更何况是中国人。她天真地问我，凭这学位能得多少钱，我说不是立刻能挣钱的，但是将来挣钱总会比一个没受过教育的人更容易、更快一些……

谈完话之后，她以意味深长的微笑朝着我说："我看见你已经留了胡子。你知道，你哥哥比你岁数大得多，还没有留胡子呢！你必须把它剃掉。"我立即执行了她的命令。当我剃得干干净净再走进房里的时候，她极其满意地朝我笑了笑。很明显，她觉得我虽然受了外国教育，倒还没有忘却我早年所学的孝顺之道。假使她能洞悉我的心灵，她就会发现我的脉搏每一次都是为热爱她而跳动。

（容闳：《西学东渐记》，中国人民大学出版社，2011 年版）

一个人只有在面对自己的母亲的时候，坦露的情感才最真挚、最朴素，说的每一句话都可以打动人。当我读到容闳这段回忆录的时候，眼睛是湿湿的，也被母子之间的小幽默逗乐。一种阔别八载的生死未卜，一次完全不同文化背景的母子的深情对话，一场世界文明与传统伦理的沟通，一念之间家国情怀与俗世愿望的关联，都在无比质朴的文字中得以细密呈现。

3

学成之后，容闳虽然有一定的自豪，但内心更多的是"众人皆醉我独醒”的落寞。他回国之后，最大心愿就是让更多的年轻人像他一样留学，像他一样“将西方先进的学术、技术与文化，灌输于中国”。

辗转多个城市、多份职业之后，容闳对留学教育计划依然最为上心。最终，他找到了两大靠山：曾国藩与丁日昌。

两人都是大清朝少有的思想开明的重臣，品行有口皆碑。在容闳眼里，曾国藩“于余有知己之感，而其识量能力，足以谋中国进化者也”，丁日昌则“为人有血性，好任事，凡所措施，皆永往不缩”。有这两人帮忙，容闳的心事就有着落了。

1871 年 8 月 16 日，曾国藩与李鸿章联名撰写《奏选派幼童赴美肄业办理章程折》，直接向皇帝汇报此事，大至方针小到举措，交待得非常完整。大约半年之后，曾李二人又上了一道奏折，这次终于有了明确答复。皇帝已经批准此事，由陈兰彬、容闳任正副监督。但实际上，留学事务主要是容闳一手亲自抓。

要实施留学生的派遣，第一步就是找生源。容闳按照每年 30 人的招生规模来执行，年龄段控制在 9 岁至 14 岁之间。这是考虑到幼童要留学 15 年，学成归国正好 20 多岁，正是报效祖国风华正茂的年龄。

留学十五年，从小学到大学喝的全是洋墨水，费用全由国家掏，招录门槛又低，回国后还不愁找工作，这在今天看来，还是一件好差事，估计很多家长会挤破头皮争这一名额。但在当时，这就不是一件好事。“父母在不远游”的祖训犹在耳畔；外国人正侵略祖国，一副凶狠恶煞的样子，很不友好。再加上交通与通讯太不便利，别说没有飞机、没有手机、没有微信了，就连邮一封信都非常困难。

在招录的时候，还需要家长签订“疾病生死，各安天命”的协议书，要在上面画押。试想一下，当时谁愿意将自己的孩子送上这条不明生死的留学路？哪怕生活还过得去，都不会将孩子往火坑里推，更何况那些达官富贵人家了。

面对重重困难，容闳只好亲自做“招生办主任”，走进田间街头，不厌其烦地宣传中央的公派留学政策，并以自身为例子，打消百姓心头的担忧与疑虑。他还折回老家广东南屏，发动老乡去响应中央号召，毕竟熟人会多一份信任。

费了万般思量，容闳终于完成了中国近代第一代官派留学生的招录工作，每年选派 30 名幼童，连续四年送出 120 名。

总体来看，这 120 名孩子主要有四个特征：

（1）从地域上看，多集中在南中国沿海乡村与小镇，尤以广东籍最多，共计 84 人，占总数的 70%。很显然，这主要源于广东得风气之先，思想观念较内地开放。

（2）幼童多家境贫寒，出身低微。这些孩子没有一个出于富贵之家，甚至还有挣扎在死亡线上的。所以，家长送孩子去留学，心理上多多少少有押宝的成分：反正境遇已经不能再糟糕了，万一孩子通过留学飞黄腾达了呢?

（3）幼童的年龄真的很小。这四批学生中，年龄最大的16岁，最小的为10岁，大多在11—15岁之间。他们正处于长身体的阶段，原本可以活泼成长，但就这样残忍地被送到完全陌生的地方。

（4）家长必须签字画押。若孩子万一有什么意外，那也真的只能怨命不好。

中国最早一代官费留学生的故事，一点儿也不美好，相反充满了太多血泪与悲苦。实在很难想象，泱泱大国竟然让120个弱小孩子扛起“以西方之学术灌输于中国，使中国日趋于文明富强之境”的责任。一切都是万般无奈，一切都在赌博，容闳在赌，家长在赌，开明的洋务派在赌，皇帝在赌，整个国家在赌，而筹码无非是这些弱小无力的孩子。在那样一个凄风冷雨、列强环伺的时代，谁能真正看到明朗的未来？谁能给孩子一个明朗可期的未来？没有一个人。

1872年8月11日，晨雾已收，上海港烈日似火。一艘经日本赴美国的商船，30名中国孩子整齐地站在铁甲板上。他们穿着新装“长衫马褂”，注视着岸上的父母和亲友，不时挥动着小手。汽笛声、告别声、叮咛声、哭喊声，汇成生命离别的情绪巨响，凝聚成时代裂变的悲壮号角。

他们不知道时代到底发生了什么，不知道国家为什么要派他们出去；不知道什么时候会再回来，不知道父母还是否会记得他们的

| **詹天佑故居**　韩帮文 摄

4

模样；他们更不会想到，他们可能就是改变了时代、改变了中国的一群孩子。

不管怎样，跟着同样眼眶湿润的容闳，这群中国孩子出发了。

在最早赴美的这批孩子中，有一个叫詹天佑的小男孩。出发的时候，他 11 岁零 3 个月。

说起詹天佑留学，还有一段曲折的故事。

詹天佑祖籍安徽省婺源县（今属江西），曾祖父因经销茶叶，携带家眷定居广州，住在今广州市荔湾区十二甫一带，后茶行破产，父亲詹兴洪举家迁到南海农村。这是詹天佑10岁之前的身世与家境，非常的普通。但随后，他的命运被一个邻居大伯彻底改变了。

1871年底，容闳在香港宣讲中央留学政策，詹兴洪的邻居、当时在香港任事的谭伯村就在现场，觉得容闳讲得很有道理，就打算在回乡探亲的时候，帮助容闳招学生。就在回乡的第一个晚上，谭伯村就登门探访詹兴洪，看上了小小的詹天佑。虽然家道不济，但做父母的总不能把孩子送到地球的另一边；而且，詹兴洪还指望着自己的儿子将来能中举人、登进士第、入翰林，走中国传统的科举为官之路。当然，住在乡下的他不会预知到，就在34年后，中国的科举制度彻底完结。

“莫名其妙！”詹兴洪当然要给予拒绝。

谭伯村毕竟见过世面，深知留学之于孩子之于国家的重大意义，就继续耐心开导詹家。

“您儿子万一考不上科举，打算不就全落空了吗？去国外学门手艺，回来又保证有体面的工作，何乐而不为？您儿子以后就是‘洋翰林’了，就要捧‘金饭碗’了，总比‘土翰林’的‘铁饭碗’好多了吧？”做父母的任何决策都是实实在在为孩子，谭伯村的这段话击中了詹兴洪的心理，开始觉得有点入情入理，但仍放心不下儿子漂洋过海，将来生死未卜。

第二天，詹兴洪主动找上门来，诉说自己最后的疑虑。谭伯村就结合容闳的例子说明留学海外安然无恙，且能学到一身本领。为了进一步打消詹家的忧虑，他又当场决定把自己的第四个女儿谭菊珍许配给詹天佑，两家订下娃娃亲。“我都不怕女儿一辈子守寡，你干吗还在担忧儿子回不来？”詹兴洪看到谭伯村如此有诚意，就决定把儿子交给容闳照应。

过了两天，他带着儿子报了名，签订了协议书，上面有言：兹有子天佑情愿送赴宪局带往花旗国肄业，学习技艺回来之日，听从中国差遣，不得在国外逗留生理。倘有疾病生死，各安天命。

在时代变革之际，这个小小的广东人家最终将自己年幼的孩子交给了国家。

现在，去广州荔湾区，走进骑楼街恩宁路，拐入十二甫西街芽菜巷，就可以看见詹天佑故居。这是一座原汁原味的西关大屋，古朴的青砖、经典的木趟栊与满洲窗，都让人感受到纯正的广府文化气息。在纪念馆的旁边，是一所以詹天佑名字命名的小学，一个绿色小花园将故居和学校连接在一起，花园内建有微型的“人”字铁路和“八达岭长城”，这是对“中国铁路之父”的伟大杰作——京张铁路的纪念。

5

这些孩子到了美国之后，知识与人格都接受了与国内完全不同的教育。不用背诵四书五经，不用练习八股文，而是学物理、化学、动植物学，学医学、采矿、机械、铁路、建筑、土木，都像一块干枯的海绵，疯狂汲取西方自然科学技术的营养水汁。

这种知识诉求，恰恰符合了洋务运动“自强”“求富”的“中国梦”。但就是这样，由于清廷的腐败昏庸与偏听谗言，生怕孩子们离经叛道，忘掉民族之本，中国第一代官费留学生的学业夭折了。纵然容闳等有识之士怎样力挽狂澜，都无济于事。当时，耶鲁大学校长朴德还给中国的总理衙门起草了一封联名信，希望清廷能继续支持留学生在美读书，并对这些孩子给予充分的褒扬：

贵国派遣之青年学生，自抵美以来，人人能善用其光阴，以研究学术。以故于各种学科之进步，成绩极佳。即文学、品行、技术以及平日与美人往来一切之交际，亦咸能令人满意无间言。论其道德尤无一人不优美高尚。其礼貌之周至，持躬之谦抑，尤为外人所乐道。（陈汉才：《容闳评传》，广东高等教育出版社，2008 年 1 月第 1 版）

除了有的孩子埋骨异域，因为剪辫子等原因被勒令提前回国之外，这次一同回国的是 94 个同学。其中，只有詹天佑与欧阳赓大学顺利毕业，60 人正在大专院校就读，其余还在读中学，一方青苗就这样被提早收割了。

于 1881 年 8 月至 1882 年初，这些孩子分三批被遣返上海。操办人容闳不会想到，中国首代官派留学竟以烂尾的形式结束。而这些孩子们也不会想到，自己的留学生涯竟以这样不堪的形式收场。

维新志士、广东诗人黄遵宪主张“我手写我心”，首推“诗界革命”，听到留学项目夭折之后，愤慨万分，怒笔写了《罢美国留学生感赋》的长篇诗歌，声援容闳等先觉、先行者。

纵然项目夭折，但孩子们依然为中国带来一个全新的世界，为中国留下了革新与实业的火种。而颇有意思的是，其中的佼佼者与成大器者几乎都来自一个省份——广东，也都是容闳的同乡。

除去之前的中国铁路之父詹天佑，还有这些大人物：中华民国首任内阁总理唐绍仪、北洋大学创办人蔡绍基、中国电报事业奠基人唐元湛、外务部大臣梁敦彦、美国第一位华人律师张康仁、清华大学首任校长唐国安，都是广东人。犹如中国近现代历史中的诸多重要节点，广东再次挑起了大梁。

临危受命，勇开新风。这就是广东人特有的家国情怀。

6

除了组织了第一批官费赴美留学幼童，容闳还建成了中国近代第一座完整的机器厂——上海江南机器制造局。在中国近代西学东渐、洋务运动、戊戌变法和辛亥革命中，容闳一个都没落下，都有不可磨灭的贡献。

他是一位有传统家国情怀的现代士大夫，和当时很多很多的广东人一样，从来都是站在世界的视角来思考中国的问题。

1905 年，容闳因为支持革命党人推翻清廷的革命活动，遭到通缉，被迫逃离祖国。1912 年 1 月 2 日，孙中山在就任中华民国临时大总统的第二天，便亲笔修书一封，殷切恳请容闳回来担任要职，共建理想之国家。

那时容闳已重病在身，身体每况愈下。他是多么想回去看一看曾多次向侨胞募捐、帮助孙中山筹集起义军费后所建立起来的全新国家，去瞧一瞧他策动的官办留学在古老土地上到底产生了哪些影响。

但未及启程，当年 4 月 21 日，容闳便病逝于美国康州寓所，与亡妻玛丽合葬在一起，永远沉睡在异乡。

7

如果说近代中国社会进化史是一枚几经淬炼、方得璀璨的钻石，容闳这一生无疑是其中不容缺失的一个切面，就像曾国藩、李鸿章、张之洞、康有为、梁启超、孙中山一样，他们都是历史的路碑。

可是对于容闳先生，这样一位与以上诸公风云际会、深切嵌入近代史的华侨，我们却知之甚少，这不免令人扼腕。

就连他在广东南屏村的老房子，也都要费点功夫才寻到。

一个南北向的小胡同，一面渍迹斑驳的老墙，一块不大的标识牌，一扇紧锁着的小门，容闳故居到了。但不得不疑惑：难道容闳身后就剩下这么点东西了吗？

问了几位当地人，这才知道，现在人们想要瞻仰容先生，一般都会去县里的“甄贤学校”。

那时，南屏还没有私塾，学生要到十多里外的前山翠微书院或澳门学校去读书。1871 年，容闳先生回到了自己的家乡，和许许多多的广东华侨一样，总想给家乡捐建学校。为了培养人才，也为了替留洋教育遴选后备学生，他主动把要翻新祖屋的 500 两银子捐献出来，并带动乡人集资，兴建了这所学校。这所学校建成之后，著名思想家、报人王韬专门撰文盛赞容闳义举：“诚能乡设义学，教导有序，则子弟之俊秀可造者得以习文，资秉鲁钝者亦得工于艺，直可使野无遗贤、里无废人，其效之可睹，盖有如此者。”

甄贤学校历经 130 多年而兴盛不衰，中国第一个世界金牌获得者、著名乒乓球运动员容国团就是从这个学校走出来的。

甄贤学校历经岁月洗礼，房舍依然。清一色的青砖瓦房，素净且大方；简朴的木质课桌摆放得整整齐齐；窗户虽然蒙着灰尘，倒也还算干净；树木青葱，一派生机勃勃。容闳先生的雕像就立在门口，与“甄贤学校”这四个遒劲有力的烫金字体相映成辉。

南屏虽小，却是驱动容闳这一生辉煌事业的精神原点，是华侨家国情怀释放的典型个案，是中外教育往来绝对不容忽视的发轫地，更是华夏文明自觉融入世界体系重要的文化地标。

去南屏，就可以看到近代广东活力开放的模样，就可以看到广东人与广东华侨到底给中国带来了怎样的一个外面的世界。

客家人
走向世界的出口

韩帮文

从梅州市区驱车往东北方向五十公里，有一座以历史人文著称的秀美小镇，那是松口——一个非常适合闲逛与发呆的好地方。

松口古镇就像一个老者，安静地卧在梅江边上，懒懒地望着青山，慈祥地打量着人们的起居与悲喜。这位老者就这样无所事事地待了几十年，有时会想起千年繁华，也会想起万里往来，但都不过是一缕云烟，化在了暖暖的太阳光里。在这位老者的怀抱里，一切都是平静安详的。几条小货船和打鱼小舟停泊在江边，空荡荡的旧码头上，一群小孩在玩耍，一个女子在河边洗着衣服。那条长长的世德新街里，偶然一辆摩托车开过，一转眼就不见了踪影。骑楼下是 800 多家商铺，大多人去楼空。一个老房子里，一架扬琴，两把二胡，几个老人正在唱着，全然不顾外来人的张望。

但带有英文的商铺招牌、老式广告，特殊年代的政治标语，连同 1619 年的元魁塔、1645 年的世德堂、1937 年的梅东桥、孙中山住过的爱春楼，都在提醒你：历史已经在你身边大步走过。

松口至今已有 1000 多年的历史，坐落在闽粤赣三省交会处，充当三省交通往来的要塞，为古代客家先民南迁时的重要始居地与中转地。查阅松口各姓族谱，唐代便有汉人陆续迁入松口，宋末元初，来自福建的汉人大量迁入。由于百姓杂居与往来频繁，松口这个小镇居民姓氏超过 120 个，在全国都比较罕见。可以想象一下，当一拨拨的先民每逢北方战乱、改朝换代与自然灾害，就跨过大江大河，携一身血泪来到松口这片温柔的青山绿水，该会怎样感激上苍。

松口古镇　蔡志勇 摄

松口地处闽粤赣三省交汇处，水陆方便，历史上便是商贸重镇。

松口不只是大大方方地接纳了背井离乡的人，还送出去了数不尽的怀揣梦想的年轻人。正是上千年的来来往往之中，成就了松口的商贸与交通地位。由于水陆方便，自古便是商贸重镇，明末以后更是客家人出南洋的第一站，在当地有“自古不认州”的说法。这个小镇连梅州前身嘉应州都不放在眼里，就知道她在社会史与商贸史上身份的尊贵。

二十世纪三十年代，由华侨廖舫州和钟成才投资，在火船码头附近建造了有欧陆南洋风格的骑楼式的商铺街道，成为当时古镇的一道亮丽风景线。现在，这些街道虽然零落寂寥甚至被废弃，但是，整齐的多层洋楼依然不失当年那种高雅不俗、胸怀中西的大气派。身临其境，很容易使人想起上世纪三四十年代的上海与香港，她也的确有“不夜城”“小香港”之誉。

侨乡松口镇约有 7 万人，而旅居海外的侨胞有 8 万多人，这些人将文化的种子漂洋过海撒了出去。在原来的松口港务所门前广场，建有一座 “中国移民纪念广场”，是由联合国教科文组织在中国大陆设立的唯一移民纪念项目，于 2013 年 10 月 13 日正式落成。广场中央有一数米高的金属雕塑，古铜色的苍劲树根牢牢地托着一个象征着鸟巢或地球的圆球，上面有几只展翅飞翔的海鸥。几百年来，无数客家人正是从此出发，告别妻儿与老母走向世界各地。

松口是闻名的“山歌之乡”，有一首山歌是这样唱的：送郎送到火船头，一江春水向东流；哪有利刀能割水，哪有利刀能割愁。面对大江大海，没有多少人愿意离开故土和家园，也没有多少人离开之后回头有岸。

顿时想起沈从文先生《边城》结尾的那句话："这个人也许永远不回来了，也许明天回来。"

松口古镇的街巷　韩帮文 摄
依然保存着民国风味。

从小公园到陈慈黉故居

陈志瞳

只有上了年纪的汕头老居民才知道，民国二十三年（1934年）开工建成，后因“破四旧”而被炸成一片废墟的小公园亭，曾是什么模样。也只有他们能调动不同时代的记忆，发现1997年重建的混凝土结构小公园，和2016年底用木质结构翻新的小公园，究竟多大程度恢复了昔日的风姿。

人们习惯将小公园亭附近的老城区统称为小公园。行走在这一带，眼光久久无法从那些残破的骑楼上移开。尽管表面斑驳，但那些特别的圆柱、繁复的雕饰、彩色的玻璃窗……还依稀可以辨认。骑楼建筑通常是一街二面，底层部分架空，集商业性与居住性为一体。民国初期，自从第一个汕头华侨开始在家乡投资伊始，骑楼商业街和住宅便雨后春笋般大量涌现。他们从海外带回建筑图纸，聘请内地建筑师，考虑汕头气候特点，遮阳避雨，典型地体现了中西合璧的气质。

南生公司，汕头曾经最大的新型百货公司，从 20 世纪 30 年代起就在这样一座骑楼里运营了 60 年。这栋七层楼房，安装了全汕头第一部电梯。它是汕头繁荣商业的排头兵和见证者。进入 90 年代，汕头东部高楼大厦崛地而起，人口开始向东迁移，位于城市西部的老城区日渐冷清，风雨飘摇的小公园亭开始变为老市区的标志物。

与小公园相伴的南生公司，也默默结束了自己的经营。

以小公园亭为中心，永安路、永和路、永泰路、永平路和升平路呈放射状散开（亦称“四永一升平”），这种街道布局举国罕见，效仿的是欧式格局，类似于巴黎的凯旋门广场和香榭丽舍大街。今日这里虽商户林立，但更像一个休闲怀旧之地，建于嘉庆年间的老妈宫，现在只供游客参观，老妈宫对面的巷子里，售卖着规模不大却无人不知的老妈宫粽球。这种小食产生于 20 世纪 20 年代，由张强德父子创立，因为粽球味好量足，生意日隆。人们把乌豆沙馅的甜粽球或香菇虾米馅的咸粽球吃进肚里，把情怀吃进心里。

从小公园出发，行驶约 30 公里，就可以来到汕头另一个重要的景观，那就是陈慈黉故居。

自汕头 1860 年正式开埠以来，陈氏家族的商号是绕不开的一个存在。自陈慈黉之父陈焕荣 1851 年在香港创办乾泰隆行，生意便越做越大；1871 年，陈慈黉在曼谷创设陈黉利行，专营出入口贸易，成为“富甲南洋”的豪商巨贾。对此，潮汕地区流传着一句俗语：“富不过慈黉爷”。挣着钱了，人就开始寻思别的事情。陈慈黉家族和其他华侨一样，受到“衣锦还乡”“落叶归根”等传统思想的影响，就在家乡澄海建造一个大宅。体会一下这个家族的财富，准备被惊呆吧。从 1865 年起，家族开始建造豪宅，历经祖孙三代人，跨越两个世纪，建成宅邸十余座。我们今天列为文物保护单位的“陈慈黉故居”，是其中的四座，即“郎中第”“寿康里”“善居室”和“三庐”，位于汕头市澄海区前美村，占地 2.54 万平方米，共有大小厅房 506 间。

这些数据是什么概念呢？据说陈家专门雇了一名负责开关门窗的佣人，每天清晨开窗，开完所有的窗，已经到吃午饭的时候了，吃过午饭又开始关窗，当所有的窗户关上，天也就黑了。

传统木雕、石雕艺术的使用让故居彰显了潮汕文化底蕴；同时陈家人在建筑形式上也不避西方，采用西式花柱头，从意大利等国

进口各式品种的釉面瓷砖。只要是好看的、体面的，主人尽往墙上去装饰，虽多但不乱，虽艳而不俗。令人惊奇的是，历经百年，至今鲜艳如初。

穿越迂回曲折的宅子，乍见一口水井。本以为水井应早已干枯，岂料探头一看，竟是鲜活的井水。原来时至今日，陈慈黉故居的水井仍然发挥其作用，并无荒废。

目前，故居在保留原貌的基础上，增设了陈慈黉家史馆、潮汕戏曲馆、木偶馆、潮汕新娘房、潮汕工夫茶馆、书画廊、潮汕工艺礼品馆等富有潮汕民间传统特色的景观。进了这个大院落，就可以窥见潮汕文化的精粹。

陈慈黉故居现在是一处旅游景点，游客尽可以看得轻松。它映射出那一代汕头华侨在风雨飘零的时代敢闯敢拼的倔强精神，他们即使背井离乡、远涉重洋，仍要顽强生存，仍要给故乡带来福祉。这大概就是所有广东华侨的性格，也是对中国的贡献。

| 陈慈黉故居

| **开平碉楼**　林帝浣 摄

一封优美哀伤的民国来信

余晨

到广东开平赤坎镇的旅途，仿佛一次穿越时光之旅。城市、乡村、民国旧时光，就这样被一条路、一辆车串联起来。当车驶入赤坎，自然而然地被带入了旧电影场景，我被街道两旁的骑楼所惊艳。

景辉楼，是赤坎古镇不容错过的一栋骑楼博物馆。这是一栋典型的岭南水乡骑楼，因民国名医张景辉而命名，楼高三层，厅室众多。最有意思的是里面的展品，生活器物、文件书信相当齐全，都是骑楼主人留下的，展示了很多原汁原味的民国生活细节，总让人对那已过去的岁月浮想联翩，仿佛主人当年只是出门去散步，可离现在却已经是近百年的光阴。

自明朝起，开平就土匪猖獗，洪涝频发，因此村民

开平碉楼 林帝浣 摄

就修建碉楼自保。清末民初，很多开平人出洋务工，在海外卖苦力谋生，成为“金山伯”。他们的生存、奋斗，就是一部华人的血泪史。历尽艰辛挣得钱财，都寄回家中供养妻儿老小，但匪患异常严重，一旦遇匪，那几乎就是家破人亡，钱财尽失。于是，金山伯们把血汗钱与外国建筑图纸寄回家中，修起一座座高大坚固的碉楼，保卫自己的家园。这是他们的奋斗目标和情感寄托，很多人终生就只回来过几次，很多夫妻一生也才团聚过几回，很多思念永远跨不过茫茫的太平洋。

所以这些碉楼，天生就带着一种难以名状的忧愁和悲伤。加拿大华人女作家张翎曾写过一本叫《金山》的小说，记叙的，就是开平金山伯悲苦的奋斗历程，其中的苦难与深情，令人震撼。碉楼森森，一位妻子就这样在这座堡垒中，守护着儿女家园，盼望着丈夫的归来。

《让子弹飞》令自力村名声大噪，黄四郎的铭石楼上，的确也是游客最多的，但也因为它是开放的碉楼中，平台最广、观景最佳的地点。其实，在开平的乡间，你也会时不时看到一两座孤零零耸立的碉楼，因为零散分布等原因，并未开发成景区。

像自力村、马降龙、加拿大村这些地方，碉楼气势更宏大，造型更精美，而且聚集成了群落，因此更有游览的价值和便利。自力村的碉楼群，一座座直挺挺地站立在平原上，似一颗颗国际象棋的棋子，稻田、草地、荷塘和田埂便是景色丰富的棋盘。这些碉楼风格各异，糅合了欧式建筑巴洛克、洛可可、哥特风格，又加入中式古典传统，飞檐翘角的样式，凤凰麒麟的图案，还有自创的封闭泥墙、铁窗铁门、瞭望台等，远望去，田园诗意中又有威严庄重。中国乡村与欧式城堡，多么奇幻的组合，就这样矗立在广东大地上。

马降龙碉楼群位于似绿带一般的潭江边上，是一个在竹林掩映中的碉楼群落。据说当时修建十分隐蔽，又隔着潭江，连当地外村人都少有踏足，自成一个世外桃源。这一带的碉楼比起瑞石楼、铭石楼等显得更加秀气，又背靠青山面临绿水，深藏于茂林修竹间，更有种别致幽静的美。登楼望远，只见天遥地远，满眼葱绿中有似城堡的小楼独立其间，有点今夕何夕，不知身在何处之感。

现在去碉楼参观，还是有一些遗留下来的家具，但很多小件物品已经不见，卧室门口通常也有围栏，只能远观。每间卧室中都有很大的黑色的木箱，被称为“金山箱”。金山伯们在海外用生命和体力换来的血汗钱，就装藏在这个沉重的木箱中。如今人去楼空，那些颠沛流离的苦难故事，只留在了历史记录中。现在碉楼的主人，已经是华侨的第二代、第三代，基本都是定居海外，只是清明拜山时回乡祭祖。碉楼，成为家族的历史遗产，铭记着父辈的艰辛岁月。再也没有兵荒马乱，没有土匪强盗，没有那铜墙铁壁锁住的一辈子的守候。

如果是去立园，就更加可以清晰地了解到这些华侨的故事。立园是旅美华侨谢维立先生的私家园林，集传统园林、岭南水乡和西洋建筑风格于一体，几栋别墅分别供自己及近亲居住，还有一座碉楼、几个花园，亭台楼阁、小桥流水的景致非常秀美，室内装饰也很典雅。主人闲情逸致，品位高雅，你很难想象这并不大的园林中，居然还开通运河，有码头，有牌坊，有鸟笼似的亭子，每一处都还少不了楹联、绘画、诗文，被鸟语花香簇拥着，雅致非常，可谓是开平版的“大观园”。这家人留下了非常多的文物、书信，串起了一个丰富而传奇的家族故事。

我走过这些充满故事的地方，用眼光去触及这个历史空间的角落，仿佛是在读一封长长的民国来信。那是一个特别的时代，让人遐思的时代。那个年代的生活细节、人的精神气质，似乎都在远去，又似乎以另一种方式影响着现在。进入开平碉楼，漫步赤坎古镇，你会怀疑，在读这封信的时候，突然坠入了民国的时空中。那些中西交融的建筑，的确是通过华侨一封封书信中的建筑图纸、钱票而建成，那些漂泊流离的故事，动人的情感，也正是在华侨与家人的一封封书信中留下印记而流传至今。它们静静存在，待我们去翻开，品读，追忆和遐想。

开平，这是一封优美而哀伤的民国来信。

开平赤坎古镇　林帝浣 摄

建于清朝顺治年间。赤坎古镇最具特色的建筑就是骑楼，以堤西路的骑楼最为壮观。

—林帝浣 摄

广州骑楼

广州骑楼于二十世纪初开始出现，是粤派骑楼的代表。广州骑楼建筑在第十甫路、上下九路、中山路、解放路、人民南路、一德路等商业街道较为集中，而西濠口一带的骑楼最为壮观。新亚酒店、南方大厦、爱群大厦等为广州初期骑楼建筑中的代表。

作为一种典型的外廊式建筑物，骑楼的渊源最早可上溯到约 2500 年前的希腊“帕特农神庙”。现代意义上的骑楼最早起源于印度，为英国殖民者首先建造，称之为“廊房”。这种欧陆建筑与东南亚地域特点相结合的建筑形式，在东南亚十分风靡，随后也传入华南地区。骑楼是我国广东、福建、海南、广西等沿海侨乡特有的南洋风情建筑，都是当年华侨从东南亚返乡所建。

——林帝浣 摄

东山口西洋建筑群

东山口是广州最早出现的西式风格的成片住宅区。在清末之前，东山口一带位于旧城东门外，多是山丘田地，住在这里的都是乡下人。第一次世界大战期间，不少华侨归国，来到东山口结庐定居。之后，各国归侨陆续在东山置业，昔日的郊野菜地上，耸立起一座座西式风格的洋房、别墅，用今天的话说，这是广州最早的高档住宅区。

再后来，众多军政要员聚集在东山，从而有了“有权住东山，有钱住西关”一说。

| 韩帮文 摄

李光耀祖居

李光耀的祖居“中翰第”坐落在广州东北方向约五百公里处的梅州大埔县高陂镇党溪村，一排依山而建的古民居之间，开阔的三合院布局和大气的飞檐花窗，格外彰显其不凡的来历。

伍

叹茶

这里很繁盛，饮食倒极便当；在他处，听得人说如何如何，追来一看，还是旧的，不过有许多工会而已，并不怎样特别。但民情，却比别处活泼得多。

—— 鲁迅《致韦素园》

上海女人像粉蒸肉，广东女人像糖醋排骨。

—— 张爱玲《沉香屑·第一炉香》

网上有帖子：“ 广东对吃热衷到什么程度？”

一位网友答 ：“我们广东在地图上看起来像一只鸡腿！”

这令人忍俊不禁的留言恰好戳中了广东人的心声，也代表了大多数广东人的形象：能吃、会吃。

打开一张广东地图，由北及南，随地势地貌变化，物候的样态也变着花样呈现。这是广东饮食发展的物质基础。

粤北有竹笋、板栗、山药、银杏、黄花菜和大肉姜，到了中南部的丘陵地带则有茶叶、豆类、马蹄、菱角、芝麻，而山区就像是水果的俱乐部，有荔枝、龙眼、甜橙、香蕉、菠萝、杨桃等，还有潜藏在山峦、溪涧、谷壑、滩涂和浅海里的飞禽、海鲜、河鲜，数不胜数。

如此优胜的自然环境和食材资源，“食在广东”的美誉显得明确又合理。

所以，去广东，不品尝各色美食都难。

广州在吃

沈宏非

“吃在广州”是一句老话。尽管国人对粤菜以及广州人的吃有着各种不同的理解和观感，不过，“吃在广州 ”这四个字无疑仍具说服力，大家也懒得去争论有无改写的必要，有吃就好。

事实上，广州的全国美食中心之地位，正在发生动摇。首先，粤菜之名，近 20 年来已遭过度开发，严重滥用，远至拉萨的八角街，亦有“生猛海鲜”供应；其二，各路菜系大举涌入广州，不让粤菜专美，而在广州落户的京、川、沪菜，亦无不出现程度不一的质变，“ 吃在广州”的纯洁性被进一步稀释。在这种情况下，广州的“吃”，如果还想寻找什么个性，只有在文字上做点手脚，将“吃在广州”调整为“广州在吃”，就仍然能保住全国领先的江湖地位。“风在吼，马在啸”“广州在吃”，不再迷恋往昔的光荣，强调的是吃的现在进行式以及吃的可持续发展性，并且被赋予一种现代化的联想，有“广州在线”的味道。

“在吃”是动感的，全息的。术业有专攻，食量有大小，但是在一天24小时面前，却是人人平等的——唯广州人例外。一个正常的广州人，可以在24小时里从容不迫把自己置身处于“吃”或“类吃”的情境之中。如果健康和时间允许，可以从早茶开始直接进入午饭，然后不着痕迹地转入下午茶，再势如破竹地“直落”到晚饭、宵夜。一觉醒来，发现自己仍安坐于饭桌前，细水长流地续着昨天早上的那壶菊花普洱。其实，这种无论什么事情都可以边吃边做的“饭桌解决方案”，早已是全国性的普及文化，但是广州人的高深，在于即使是不做什么事情，也可以像正在做着什么事情一样地流连于餐桌，不舍昼夜。同时，要做的大小事情好像也没有怎么耽搁。

在广州人不变的信念之外，饮食业日趋繁复的业态，为“广州在吃”提供了绝佳的场所。尽管从名词到实质，广式的大排档已经推向全国各地，但是，像凉茶铺、糖水店这一类广州独有的店铺，却一直在不动声色、勤勤恳恳地连接、补充着正餐之间的不能承受之空白。在 24 小时营业的 7-11，微波炉在雪白的灯光下 24 小时地叮叮作响，什么鱼蛋、虾饺、叉烧包，为那些不想回家的人提供着快速加温的慰藉。交通的便利，使广州人可以算好了时间，在半小时之内驱车赶到番禺、顺德等地，享用凌晨 12 点从猪腹和屠房里准时出笼上市的新鲜猪杂。碰上人多心情好，这一顿午夜内脏大餐可以一直吃到东方既白，是时也，在座者个个依然神情自若，受授如仪，商议着下一餐的着落。足见爱吃，贪吃，不敌在吃。

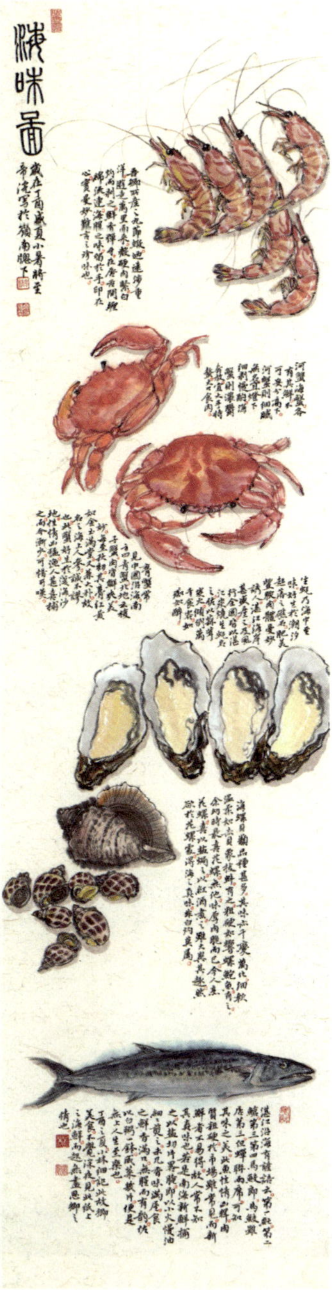

—海味图 林帝浣 绘

不叹早茶 算是白来一趟广东

于文

粤式点心——烧卖　林帝浣 摄

1

美食家蔡澜讲：“热爱生命的人，一定早起，像小鸟一样，他们得到的报酬，是一顿好吃又丰富的早餐。”

广东人对于“好吃的早餐”，总能精准呈现。

晨曦初照，都市生活沉浸在半梦半醒中，街上店铺未开，任何季节的这个时间段，都有些许凉意。而各处的大小茶楼的凌晨五点，却是一番热气腾腾的景象。下山晨运完，结伴而来的老人们排起长龙，只等服务员开门迎客那一刹那，呼啦啦地大批拥入。

一般来说，茶楼最早迎来的这拨客都是十多年的老熟人，跑堂的服务员也多是上了点年纪的老广。老广见老广，领去老地方。

常年来喝早茶的老人们是有自己喜好的位置的——面向南方的第几排几桌，广府人不讲究衣着华丽，但座次、位置这些，都尤为注意。

“要D咩茶？”

“普洱，唔该！”

走向座位过程里，已经确定好当日的茶，便于服务员在最快时间内送上茶水。

盛满热水的铁壶在酒精灯上沸腾，木托上放置织金彩瓷的茶壶和小茶杯。西洋红、鹤春色、茄色、粉绿，是广彩瓷器的用色特点，热烈、清新、亲切，喝茶并不是件老旧的事。

若是几人团坐，会有一人负责斟茶“涮”杯，大家心照不宣，聚精会神。只见这人齐刷刷倒茶入盅，筷子45度角立在小碗中央，茶盅的水倾斜顺着筷子中部倒入碗中，再将碗中的水“哗”一声泼进大瓷盆，动作干净利落。

水过无痕，第一趟茶完成了自己的使命。

涮完杯、茶斟满，正式来到“饮茶”环节，也称“吃早茶”。在广东早茶里，“茶”是配角，从菜单上百种的点心中选出最想吃的，才是正经事。

| **粤式点心——虾饺** 林帝浣 摄

2

“茶楼四宝”——虾饺、凤爪、烧卖、叉烧包，是外省人通往早茶味蕾的第一站， 而熟稔菜单的广府人心里都藏着一份自己的“今日必点”。

蔡澜这样描述自己最心仪的广东早茶：“虾饺、烧卖、 鸡杂、萝卜糕、肠粉、鲮鱼球、粉粿、叉烧包和一盅排骨饭， 一个人吃得精光。 偶尔来四两开蒸，时常连灌两壶浓普洱。”

一位在中山的年轻朋友必点的是蒸凤爪、小榄粉粿、虾饺、鱼骨粥。

上百种点心，若混作一起，计价工作量会无比庞大， 精明的广东人将它们分为小点、中点、大点、顶点、精点、特点，有些茶楼还加了靓点、贡点、茗点和御点等 。

这是一种价格暗示和类型划分，根据食材或制作难度决定，如古法绵香马拉糕是大点，爽脆潮州蒸粉粿是中点，瑶柱鱼籽干蒸烧卖是精点。每个点心有自己的清晰明了的归属感，不失公允，食客听着也开心。

3

早茶又作“叹茶”， 一个“叹”字包罗广东人的世相百态、人情世故、生活凝练，在吃吃喝喝中，任时间淌过。

凌晨5点的“叹”是一帮老人团坐一起的芳华， 他们可能是每天搭伴晨运的队友， 也可能是退休后长时间未见的老友，有的就是老两口睡不着干脆来茶楼听听热闹。

聊天又称“吹水”，广东老人通常音色浑厚不少，表情丰富，聊聊近况，拉拉家常，准备去哪里玩，与儿媳相处之道，孙儿上学，里里外外，一并端来。

聊得起劲时，有服务员上前斟水，立马手指内扣，“哒哒”轻敲几下桌面，表示感谢。

这是一个老广人的分寸，谈笑风生的爽朗和规矩情理的细腻都不落下。

有时邻桌坐的是老熟人了，不免多寒暄、问候几句：

“好耐无见啦，过年你个仔有无带你去边度玩吖？ ”

“下次得闲约埋一齐去清远浸温泉吖！”

不管有没有下次，泡温泉这个活动是记上日程了。

吹水、叙旧，间隙也要悠悠然地交流下信息，股票、经济、城里的新动向，“系甘噶啦”拖长尾音表示对某些宏大话题的回应，点到为止。

广州人念叨的都是生活，对大事情向来没有太多兴趣。从容、淡定、踏实，才是这座城市的品德。城市竞争日趋激烈，为广州这座城市的兴衰与荣辱操碎了心的往往都是外地人。广州被谁赶上了，广州地位不保了，广州发展后劲不足了……几乎都是外地人兴致高昂，滔滔不绝，简直一脸的忧国忧民。但广州本地人呢？才不管这些宏大的事情，心里想的尽是生活的小事。纵然这座城市发生了多大的变化，不管外面的世界出现多大的变幻，最关切的还是今晚要看哪一场球赛，明天上午去哪个酒楼叹早茶，或者后天和谁结伴旅

| 粤式云吞面　林帝浣 摄

行。他们觉得，这些才是最紧要的，也是最有温度的。

春节期间的茶楼，挂着“恭喜发财” 四个大红缎面字上散落金粉，一派喜庆和热闹。

这段时间来的食客大多都背一小袋“利是”（红包），金额5—10元不等，出面（门外）的领班、斟茶的服务员、上茶点的跑堂，见者有份，红包金额不大，图个吉利。收下一份祝福，也是感情的巩固。

桌面上食完的叉烧包、糯米鸡、萝卜糕蒸笼一件件撤下，十一点钟过几分，最后一盅茶喝完，早茶算是到了尾声，“埋单啦，唔该”。

茶楼要打烊休息了？

并没有。

一大拨老人家叮叮当当离开， 回家小睡。

以家庭聚餐、年轻人会面朋友为主要群体的午市时间开始了。

点心照旧，氛围景象变换了，更欢快、更丰富，小孩的啼哭声，谈论工作与业务的声音， 一家人的笑闹，此起彼伏，化成一个小的人间剧场，真实、浓烈。

作家黄爱东西曾这样描述广府人对饮茶（吃茶）的热爱：

广州人是可以一整天都泡在茶楼里的，早上五点半到十一点是喝早茶和早餐的时间，十一点到下午两点半是吃午饭，两点半到六点喝下午茶，六点到九点吃晚饭，九点到十二点喝夜茶，十二点到凌晨三点是吃夜宵。（《老广州：屐声帆影》，重庆大学出版社，2014年11月版）

《舌尖上的中国》中的一句解说词，就很调皮又很实在地点中了早茶的神韵：吃过早茶后，她主要的任务是准备晚饭。喏，广州人、广州城，就是这样散漫，又是这样讲究。

4

“叹茶”，是感叹可口的美食入喉带来的味蕾激荡，也要叹生活的艰辛不易及不易中折射出的琐碎幸福。

“我地坐低，饮杯茶，吃个包，慢慢倾。”

周星驰在《他来自江湖》中的经典台词，透露着“叹茶”的妙：有吃的、有喝的，心平气和坐下来， 慢慢聊。

在茶与点交错的缓慢过程里，恩怨得以消融，生意差不多谈个拢，走到尽头的感情也能挽回一点温度……

“我哋广东人就话，俾我一壶靓茶，我就可以讲尽天文地理，俾多几件点心，我就可以倾到天荒地老。”

老广人调笑自己是搁一壶茶在那儿，就能把天文地理讲个遍，要再来几份茶点，便能聊到无法停歇。

作家沈宏非写过：“人是社会关系的总和，广东人的社会关系，用滚水一冲，合上盖，全部都总和在茶壶之中。”

落座观望，眼前是一幅浓缩的人生百态，低头吃包，吃的是一幕幕历史帆影。

| 饮早茶是广府人不可或缺的生活方式

5

如此兴味的早茶，最初是怎样出现的？有学者考证：

广府茶楼的前身叫做“二厘馆”，在清朝咸丰、同治年间兴起于佛山，多在城乡街边的小档口摆摊，档前挂有某某“茶话”的幌子，上用树皮做顶，中用竹木搭建，下摆几张木台木凳，旁边生个炉子，炉上放一煲白粥、一锅油，老板兼伙计就站着搓捏面粉，或将面切成面条，下到油锅做成“油炸鬼”（油条）。同时，还卖些芋头糕、松糕、钵仔糕之类。茶价二厘（当时1毫钱等72厘）。（陈梦因：《粤菜溯源录》，百花文艺出版社，2008年1月版）

有首民谣这样唱道：“去二厘馆饮餐茶，茶银二厘不多花。糕饼样样都抵食，最能顶肚不花假。”

二厘馆的出现为当时的平民大众提供了停留歇脚之地，大批量的体力活结束后，和几个工友光脚坐在馆中，食一碟糕点，饮一口茶，劳烦顿消，邻里街坊也常来闲叙，就着粗茶糕点，悠哉一晌午。

这种状态被称为“一盅两件”，也是后来对早茶的俗称。何为“一盅两件”呢？

所谓“一盅”，指的就是以石湾（佛山）产的大耳粗绿釉鹌鹑壶，配一个茶盅，壶里多放些粗枝大叶，茶叶涩而没有香气，仅冲洗肠胃而已；而所谓“两件”，则是多供应粗糙的大件松糕、芽菜粉、大包等物美价廉的茶点，以摆台形式，由客人自选取食，不用点叫，食毕结账。（陈梦因：《粤菜溯源录》，百花文艺出版社，2008 年 1 月版）

二厘馆转向茶楼与十三行的兴起有着密切的关系。

1686 年（康熙二十五年），清政府允许开海贸易，在广州设立粤海关，有了经营贸易出口的洋货行，俗称十三行。

洋船靠岸、来华的外商来来往往，五湖四海的商贾、上层名流都涌向广州，像二厘馆这样环境简陋的路边店，当然不适合那些精致讲究的外商，也不受中国行商、士绅的喜爱。

他们需要一个能设宴款待生意伙伴，也能确定自己身份的场所。

第一间现代化的茶楼就在广州十三行应运而生，名为三元楼，为三层建筑，金碧辉煌的装饰风格，典雅名贵的木质陈设，与过去的茶肆完全区别开来。

人们称之为“高楼馆”，以区别过去的二厘馆。

随后小茶肆逐渐被取代，兴建的茶楼越来越多，它的作用也发生了不少变化，真正来到了大众的生活里，从过去谈生意到如今以更加多元的生活状态呈现。

二十世纪三十年代的茶楼只经营早午茶市、点心和龙凤礼饼，不经营正餐，没有筵席，最早把酒楼和茶楼融在一起开的，是陶陶居，这是对商机的敏锐嗅觉，也顺便赋予了“饮茶”极其精致的体验。

当年人力大板车每天到三元里接白云山九龙泉水，进入市区后，数十人列队排开接载水源， 然后用大红色扁担挑红色木桶，桶上漆着“陶陶居”“九龙泉水”字样，晃荡着进城，是一抹火红的景象，惹众人羡慕。

“陶陶烹茶，瓦鼎陶炉，文火红炭，别有风味。”在小厅门口旁放着一个已点燃的红泥小火炉，旁边用竹篱搁着烧起来无杂色无味的半截橄榄核作炭，瓦茶煲内沸腾着九龙泉水，非常考究。

广东的各家茶楼都有自己的特色，百年老字号陶陶居向来大气灿烂，莲香楼精致典雅，北园酒家极富岭南园林的风情。如果去到佛山、中山，更是有不少历史悠久的老字号茶楼等待品味和探索。

不少文人墨客也是茶楼里的座上客。

民国时期，鲁迅先生在广州中山大学任教，与许寿裳、许广平到北园、陆园、妙奇香等茶楼闲叙。鲁迅先生说，广州的茶清香可口，一杯在手，可以和朋友作半日谈。 他在日记里写道 ：

“18 日，雨。午后，同季市（许寿裳）、广平往陶陶居品茗。”

（《鲁迅日记》，人民文学出版社，2006 年 12 月版）

郭沫若是老茶客，每次外事出访途经广州，都一定要到北园饮早茶，并曾挥毫赋诗：

“北园饮早茶，仿佛如到家，瞬息出国门，归来再饮茶。”

6

早茶从最早简陋的二厘馆到有阶层地位之人才可迈入的三元楼、高楼馆，再到装饰考究的经典老字号，再到现今广府人身边最亲切的生活场所， 一页翻过，百年风雨。

茶并未有太多变化，普洱、铁观音、乌龙、花茶之类，吃的点心从一盅两件处理为现在的一百多种，是食物与历史交融、演变的缩影。

初到广东，大小饭店比比皆是，动辄都是老字号，总觉得无处下口。毕竟时间有限，那就来茶楼，吃一次早茶，略看整个广东。

一份长长的早茶菜单上，是一幅活色生香的广东地图。 粤菜的代表客家菜、 潮汕菜、 广府菜都拿出它们各自顺应的食材，还有对北方食物的加工和改良，西方饮食的东渐成果跃然纸上，被制成精巧可口的小份点心，放在蒸笼里，随意点食。

7

蟹黄灌汤饺，是从北方的灌汤包发展来的，点心师傅将鸡蛋液、碱粉和面做皮， 使得面皮更加爽滑柔韧， 擀薄也不会穿破皮， 蒸出来又能透亮，同时在猪皮冻中加入琼脂，汤汁浓郁饱满不腻口。清朝美食家袁枚就曾记载了他第一次吃改良后蟹黄灌汤饺的体验：

余到广东，吃官镇台颠不棱，甚佳，中用肉皮煨膏为馅，故觉软美。（袁枚：《随园食单》，江苏文艺出版社，2015年11月版）

茶楼酒家的必备点心“干蒸烧卖”有着宁化“客家烧卖”的影子，均以香葱、鲜瘦肉、净冬笋、虾米、香菇做馅儿，皮用鸡蛋、水和面擀成，在顶部捏成石榴花形。“客家烧卖”则是芋子皮、地瓜粉和盐擀成，捏成上大下小的塔形土胚状。

由于以前生活条件艰苦，常年居住山区的客家人对食物的要求仅仅是防寒充饥，到了茶楼就不同了，皮相要澄亮，味道鲜嫩可口，才好配上一盅普洱，下肚满足。

潮汕地区靠海，食材丰富，出品要求自然更高，它们在茶楼中常会出现的食物不少于十种，牛肉丸、胡椒猪肚、蒸粉粿最为出名。单说粉粿这一种点心的用料，便能窥见整个潮汕菜系的精准和繁杂。

皮料是生粉、澄面水，粉果馅料有猪肉、沙葛、菜脯、潮州炸花生、韭菜、芫荽，配料还需要盐、糖、生抽、粟米粉、水、胡椒粉、麻油。

有些糕点的命名可以探其出处，譬如糕体晶莹雪白、表层油润光洁的伦教糕，就首创于顺德县的伦教镇。它用当地特有的泉水和大米浆发酵蒸制，后来清泉被淤塞，当地人琢磨出了用鸡蛋白去除水浊，才使得糕点回了一点原来的滋味，被引进茶楼，也传向了内陆和东南亚。

当年鲁迅先生在上海写作时，常熬夜工作到午夜前后，有了爱吃糕点的习惯，在他写下的《弄堂生意古今谈》中就提到了伦教糕。

广东面向海洋，历史上海外优良物种的传入，多是先引进这里，再传入内地。

元朝陈大震《大德南海志》中提及广东："或产于风土之宜，或来自异国之远，皆聚于广州，所以奇花异果，珍禽奇兽，犀珠象贝，有中州所无者"，这为粤菜的发展提供了丰富的原料，也为改良和加工外来食物给予了足够的空间。

擅长吃的广东人不仅改良粤菜三大菜系中的食物作为点心食用，对于舶来品更是能够西为中用。

西餐里的猪排、牛排在粤菜中被切成小块，调好味来煎，可以用筷子夹着吃。

炸牛奶沙拉、奶油焗龙虾、干煎沙碌都是西菜中做的新美食，而通常看到的莲蓉餐包、香芋餐包就是根据西点中的芝士包、奶油包改进的。

广州靠近香港、澳门，在饮食上也互通影响，葡餐中的甜点葡式蛋挞流传在广东则演变为广式蛋挞，用了中式油酥点心的做法，利于中式胃口接受，鸡蛋、糖、水去掉了葡式的奶油和焦糖，出炉后香滑鲜嫩，有人还特意吟诗附上：

“皮层叠叠灌黄汤，尤似鸟巢卵破浆。展现人前如亮镜，平凡美食确无双。”

艇仔粥、及第粥 、咸煎饼、荷叶粽，这些当年的舟船、街边小吃也被盛在小碗里进出高雅的茶楼雅座。

8

有天去陶陶居喝午市茶，所有点心放在餐车里， 自取自拿再盖章。 来了几个韩国女生，发现茶楼没提供英文菜单， 她们在别人的桌边周旋很久，眼神惊喜又慌张，品类太多，眼睛、记性都不够用了。

过了许久端来了一碗捞面、虾饺、烧卖、豉汁凤爪，没过多久又取来了蛋挞、煎堆、糯米鸡……

懂粤语叹茶可以看人情世故；如果不懂，就像韩国女生一般，尽情享用美食的巅峰体验，其它都暂且被放下。

9

广东有着海洋一般的个性，开放、包容、敢为天下先，也有似丘陵一般委婉、细腻的品格。

早茶就是广东性格的集大成者，包容、开放、艺术、创造，都能窥看。

食物在他们手上经过细心流转，一点一滴地琢磨，润物无声，让我们享受到宛若艺术品般的食物。每一道都充满历史和故事，都盛着人情的味道：

“今日你饮咗茶未吖”

“饮咗啦”

“咁，得闲饮茶啦 ”

| **叹茶图** 林帝浣 绘

中国茶道在潮州

韩帮文

广东省博物馆潮汕工夫茶旧式茶叶店情景

“1946 年冬，开明书店在绿杨村请客。饭后，我们到巴金先生家喝工夫茶。几个人围着浅黄色老式圆桌，看陈蕴珍（萧珊）表演：濯器、炽炭、注水、淋壶、筛茶。每人喝了三小杯。我第一次喝工夫茶，印象深刻。这茶太酽了，只能喝三小杯。”

这是汪曾祺先生《寻常茶话》中的一段朴素文字，记载了他喝工夫茶的最初经历与切身感受——“印象深刻”。他所述记的茶人茶事已经很悠远了，但工夫茶在名家名流中的地位倒是交待得很清楚。

嗜工夫茶的大咖岂止是巴金、萧珊夫妇，郭沫若、林语堂、周作人、梁实秋、季羡林诸先生都曾在著述中表达对工夫茶的溢美之词。在一个茶香馥郁、茶味当道的国度，广东潮汕与福建地区的工夫茶自有它的地位，甚至还有人将工夫茶直接认作“中国茶道”。

喝工夫茶是潮汕人一项日常生活中最平常不过的事。饭后，或者客人来访、好友相见，都是以一壶茶来陪衬。走在潮州的大街小巷，街坊与商铺的门口都会摆放一套工夫茶具，哪怕简单一点、粗陋一点，也要泡茶喝，也都能泡得有模有样。工夫茶，在潮汕地区就是一种很自然的生活方式、很典型的民风民俗。喝茶楔入生活之深、逸出古风之浓，恐怕也只有潮汕人最甚了。

潮汕地区的饮茶历史，可以追溯到宋代，应该是自先民从中原迁移这块厚土时，就已经将北方的茶带过来了。但“工夫茶”作为一种生活门类被记录下来，那就是清代的事情了。起初，一些文献虽然没有提到“工夫茶”这一名词，但所写所叙，分明正是工夫茶技艺。专门用以指称品茶程式的“工夫茶”概念并与“潮州”相关的著作，以清代俞蛟《梦厂杂著·工夫茶》为首见。此文开篇便说：“工夫茶，烹治之法，本诸陆羽《茶经》，而器具更为精致。”这位先生最早给潮汕工夫茶下的定义非常准确也非常聪明，虽然潮汕人喝茶偏于一隅，但认祖归宗，还是源于中国茶文化的主脉，还是不离中国茶道的大范畴——喝茶的老祖宗同样是陆羽，喝茶的范式似乎还更正宗。

下文便对“精致”的工夫茶器具加以细致生动的描述，包括炉、壶、杯、盘、瓦铛、棕垫、纸扇、竹夹等。俞老先生对工夫茶茶艺程式也描述得较为详细：“先将泉水贮铛，用细炭煎至初沸，投闽茶于壶内冲之，盖定，复遍浇其上，然后斟而细呷之。”你看，当时的工夫茶冲泡程式与现在的潮汕工夫茶冲泡程式已经相当接近了。这也说明：最迟在乾隆年间，潮汕工夫茶的艺与道已经进入成熟期，而中国主流茶文化的中心区，也随之迁移到了潮汕、福建地区。

潮汕工夫茶的技术层面显然仍是“精致”的。在潮州一朋友家里吃茶，他泡起茶来一招一式都特有范儿，并用很特别的方言讲了这样几句歌诀，很形象地描述了潮汕工夫茶的冲泡技艺，云：“烧盅（烫杯）热罐，高冲低筛，刮沫淋盖。关公巡城，韩信点兵，澄清滤歹（滓）。”这几句民间流传的歌诀，已不知出自何人何时。有据可考的工夫茶冲泡程式，即现代翁辉东先生的《潮州茶经·工夫茶》，他列举了工夫茶的八个“工夫”——治器、纳茶、候茶、冲点、刮沫、淋罐、烫杯、洒茶，是最早见诸文字的潮汕工夫茶权威茶艺，被后人视为经典，称为“八步法”。

工夫茶特讲究，一点儿都不敷衍了事，奉行审美的极致追求与程序的工匠精神。就像这里的木雕、潮绣、嵌瓷以及美食等文化样式，就像这里的生活方式，崇尚的就是“讲究”，就是闲情逸致。

整个潮州城就是一个很讲究的城市。沿着潮州古城墙徜徉，难免会猜想笨重的墙砖究竟是哪个朝代的产物；或者轻步走过有近千年历史的广济桥，随江上清风看遍桥面、廊亭与匾额，你会发现这里很不“广东”。广东给人的第一印象往往是指标领先、物质繁盛、效率至上，而文化的厚重感与从容感就似乎不及中原与江南。但在潮州，体味到的就是历史的厚实，就是文化的清净，就是慢悠悠浓郁郁的生活趣味。潮州远离热闹的珠三角，远离热气腾腾的时代，恰是这座古城的魅力。

“喝工夫茶，要有工夫。细呷细品，要有设备，要人服侍，如今乱糟糟的社会里谁有那么多的工夫？”在梁实秋先生那个时代，他自己都在埋怨社会乱糟糟没有工夫喝工夫茶了，现代生活更加急促匆忙，更没有多少暇余与耐心坐下来喝几杯茶了。不过在粤东、岭南，人们就是这样有足够的时光、足够的闲情、足够的功夫，去喝上几杯工夫茶，就像周作人所说的“得半日之闲，可抵十年的尘梦”。

| **白切鸡之恋**　林帝浣 绘

| **与君同消万古愁**　林帝浣 绘

| **布拉肠粉**　林帝浣 绘

| **若是初心未改** 林帝浣 绘

陆

赏花

真羡慕广州的朋友们，院里院外，四季有花，而且是多么出色的花呀！白玉兰高达数丈，干子比我的腰还粗！英雄气概的木棉，昂首天外，开满大红花，何等气势！就连普通的花儿，四季海棠与绣球什么的，也特别壮实，叶茂花繁，花小而气魄不小！看，在冬天，窗外还有结实累累的木瓜呀！真没法儿比！

——老舍《春来忆广州》

当北方漫天飞雪，当家乡年味减淡，不妨一路向南，去广东，过一个最舒适、最温暖的中国年。

广东地处岭南，气候暖和湿润，一年四季绿意盎然、花团锦簇，去那里过年，你会感受到自然的活力与环境的舒适，确是北方没有的。

一旦你涉足广东，在这里实实在在地过完一个年，你会发现，这里的年味才真正称得上温暖、真切。你去广州过年，去花城看花，就可以体验到如何把姹紫嫣红的春天带回家；你去潮汕、客家地区过年，就可以感受到博大精深的唐宋民俗不在中原，而在这里。

过年，是一个人对家庭、对岁月、对自我一整年情绪的集结；过年，是一座城市、一个地方精神气格的聚焦。当你想集中体验南中国的生活方式与生命格调，就去广东过年，去过一个真真切切的中国年。

中国人过年，就是这个味儿；中国人的生活，就应是这个样子。而花，就是广东向海内外发出的一份过年邀请函。

广州过年，花城看花

黄爱东西

过年前的广州，没有比花市更热闹的去处了，简单地说，那是庙会的广州版本。

有说唐末南汉的时候广州就有花圩，明朝的时候形成花市，也有说乾隆盛世的时候广州就有除夕花市了。

广州四季都有花，平时常有花农担着花到菜市场，花和菜是放在一处卖的。而旧时主妇们买菜时，时常也就顺手买一把花，回来插在花瓶里。

| 广州迎春花市

按说在广州，花是不稀罕的，可是到了岁末，就是年年都要封路搭牌楼和棚架，人人都去逛花市买花。就连敌军来了，天天有飞机在头上乱飞，保不准啥时候扔下颗炸弹来，广州人也还是逛他们的花市买他们的花。

每到年廿七或廿八，你就可以开始“行花街”，看见办年货的人们开始往家搬各式各样的盆栽橘子和花。没有摆上花和橘，一点喜气都没有，怎么叫过年呢？

小时候家住龙津西，旁边的多宝路就是花街，有一年寒假闲着没事，一天之内逛了六趟花街。过年时，你往家里搬的盆栽橘可以挑四季橘、金橘或者朱砂橘，看你喜欢哪一样“口彩”：四李橘，自然是“四季吉”，金橘可以是“金玉满堂”，而朱砂橘，又红又大，“大红大紫”，别人会说，“哗，好大一盆‘吉’”。橘子都要大株，而且挂果要密，否则“空（凶）多橘（吉）少”，可是大事不妙。

盆橘摆完还可以摘下果子来盐渍，嗓子疼时用来泡水喝是最有效的偏方。

另外，未婚的小伙子们可以去花市里扛一株最大最盛的桃花，以期来年走一走“桃花运”，大株的花还有“吊钟”，一朵朵花开在枝上像一口口倒吊的小钟。

记得有一年我们家买了一株“吊钟”之后，爸爸丢了一块梅花牌手表，想来想去赖到“吊钟”身上，“掉”了一块手表，说以后过年不买“吊钟”了。

广州人家平时喜欢姜花的香气，但因为姜花是白色的，过年时不摆姜花，大家折腾水仙。有好几年我的左邻右舍和我们家都在研究怎么把水仙头雕刻一番，让它长成“蟹爪”，又想着法子让它恰好在年三十晚上或大年初一准时开花：天太冷时把那盆水仙放在灯泡下烤暖，天太暖时又把它拿到屋外面去吹冷风。不过水仙花盛开的时候，那满屋的香气着实教人满心喜悦。

黄和紫的菊花以及玫红大红的芍药也是应节的花，配上一两条银柳就举着回家了，近年的花市则开始卖进口种子种出来的花，郁金香或者康乃馨什么的，但总觉得不如从前那几种花来得村气、简单和热闹。热闹是要带些乡下气的，似乎聪明人即使是喜气洋洋起来也不那么由衷。而逛花市和买花，不都是为了看到热热闹闹的繁花似锦而没来由地高兴一场吗？

逛花市的时候，还有一样消遣节目是讨价还价——你一定要去讨价还价。笑嘻嘻的以至于嬉皮笑脸的人在这个时候是受欢迎的，要过年了，你总该松一下绷着的脸，有几分闲情。卖花的人也在等着赚高兴的钱，他有意把价钱说高一些——等着你和他还价呢，顺便说笑两句。如果你一声不吭掏钱拿了花就走，他多少会有些错愕：怎么啦，真的那么忙和没心情吗？他还编排好了说词等着你还价呢，结果，像小小地踏了一脚空。

不过，下一个买花的人来了，和他说笑吧。印象中的广州人，甚至是商贩，平时很少冲着陌生人笑和搭讪，可是在花市里，这几天是可以通过讨价还价轻松地开开玩笑的。有时候会有活泼一些的商贩，冲着你喊过来：“细路（小孩），买花啊，便宜些给你，过来睇下（看看）啦！”而对着所有年轻女子，他们都一律说：“靓女（漂亮的女孩），买花呀？”

近几年的春节前，除了封路搭花市的路段，一些路边也满坑满谷地摆满了各处花农运来的盆橘和鲜花。某年的节前，南京的编辑朋友来约稿，在我们报社附近广州大道旁看到那种蔚为壮观的奇景，诧异地问，这些橘子是真的还是假的？当时非常意外并且大吃一惊地说，“真的真的，当然是真的，怎么会是假的呢？”浑然不觉那些花和橘子已经漂亮和茂盛得完全不像是真的。我们只是认为它们理所当然，本来就是这样的。

不知道为什么，没有人在除夕之后送花给别人。如果你想对谁表表心意，那么你应该是在年前就把盆橘或者花扛到他家去。节前的广州总是更加塞车，因为很多的单位车和四乡来的车都出动了，车上满载着盆橘和花，满广州地转着往他们要拜会的人家里送，除夕之后，再去拜年。

除夕的那天夜里，是花市里人声鼎沸的时候，卖不出去的盆橘和花，也在那个时候半卖半送。一过十二点，一年一次的花市也就散了；大年初一的清早，花市的棚架就已经拆得干干净净，下一场这样的热闹，又得等一年了。然而广州人并不惆怅，这是近百年来过年的日程表呀，况且，那些花又不是从此不见了，一年四季天天在菜市场里一样地开着，而我们，要开始下一个节目——拜年了，眉开眼笑地对每个认识的人说："恭喜发财！""万事胜意！""龙马精神！""身体健康！"……此地风俗，没结婚的不论岁数多大都算小辈，都可以找结了婚的人拜年拿红包，加起来，是一笔不小的零花钱呢，谁还会顾得上惆怅。

嘉靖年间的广东状元林大钦十八岁的时候写过一副寿联："天增岁月人增寿，春满乾坤福满堂。"每逢过年，就会喜气洋洋地想起这副豪气干云的对联，嗨，响当当的，实在是爽。

| **把春天带回家** 广东省旅游局供图

广东花事

侯虹斌

| 木棉花开　林帝浣 摄

1

广东的花事，连同广东的花市一样，闻名天下。

不过，这里面却有很多不那么为人所知的故事。

你知道吗？曾几何时，在岭南地区，只要谈到了“花”，就是默指素馨；所谓花市，就是指素馨花市；所谓花田、花渡头，指的就是素馨花田，素馨花交易运输的码头。今日广州花市之盛誉，在当年，实则是素馨独以一花之力培植起来的。

素馨花，是茉莉花的近亲，两者花形也很像，但素馨是蔓生灌木，很香，很美。它并没有绝迹，今日广东地区仍然有，只不过不再成为焦点罢了。

素馨花的故乡是哪里呢？波斯。

早在西晋时嵇含（263—306 年）所著《南方草木状》一书中

就有写："耶悉茗花（素馨花）、末利花（茉莉花）皆胡人自西国移植于南海（广东）。南人怜其芳香，竞植之。"他还说，最早在西汉初年，陆贾（公元前 200 年左右）就在南越国（今广东），看到这两种外国的花了。

到了唐代，多部史籍和文学作品上都记载着素馨花。《本草纲目》和《广群芳谱》等著作更明确记载，素馨花和茉莉，都是从波斯移植到广东的。它们在晋代之前，就已从波斯、东罗马搭乘海舶勇跨海上丝绸之路，登陆广州，并由"胡人"在广州移植成功。

姐妹花传播与移植的成功，不少学者认为这是早年华南与印度、西亚间繁荣海上交通的例证。

宋代，由海外输入广州的商品中，有许多奢侈品，也有各种香料，还有食物和鲜花。

北宋诗人余靖来到广州，任广州军州事，称广州西园（今西关一带）的花都是外国名字的，而且，这些花都是从海路运来的，只有岭南地区才有，岭北没有。

| 素馨花开

2

素馨的原名是“耶悉茗”，是个外来词，爹不亲娘不爱的，叫起来都嫌拗口。它为什么忽然变名为好听的“素馨”呢？这个事，正史上有记载。“素馨，后主（刘鋹）司花宫女，以色进御，封美人，性喜簪那悉茗花，因名之素馨。”（《南汉书》）

民间的传说就更生动了，说，素馨是位种花姑娘，被刘王选入宫中，深得宠幸，一时间，宫内遍种耶悉茗花，宫女竞以花为饰，每日梳妆更换丢弃的大量花朵随波流入下游湖泊，形成广州著名的流花湖（今天还有流花湖公园）。素馨姑娘后来亡故，坟上长满了她喜爱的耶悉茗，人们为了纪念她而将耶悉茗花改名为素馨花。

清朝大诗人屈大均，同样偏爱素馨，他所编撰的《广东新语》也追忆了五代时宫女佩戴素馨花的盛况：每到素馨花开的时节，南汉王的宫女串素馨花环，或挂在帐钩，或盘着发髻，第二天就另用新的鲜花，将残花弃在河中，是故河水"翳腻"，流花河亦因此得名。

小小的一种花，怎么会产生这么大的影响呢？

因为素馨从花形到香气，从装饰到制香、泡茶，都是一把好手啊。素馨曾是广州仕女的标志性佩饰，城内外买花的人数以万家，有钱人买一斗，穷人买一升，可见，素馨早已进入寻常百姓家，无分城乡，无分老幼，也无分贵贱；完全就是广东俗话所说的"赚钱买花戴"啊。还有，每逢农历七月七日乞巧节，珠江河面的素馨花花艇，游泛于海珠及西濠、香浦等地方；秋冬更有一种叫"火清醮"的祭祀活动，千家万户皆挂素馨灯；在素馨花中点上蜡烛，不仅美，而且香，乘着马车四处兜风，是一件多么拉风的事啊。

素馨的商品化种植，出现在宋代。宋代诗人郑域称，花田在"广州城西九里""尽栽茉莉及素馨"。现在仍然能找到不少文字资料，证明广府的当地人以卖花为生，比耕地赚的钱多。"悔不庄头村里住，一生衣食素馨花。"种瓜不如种花好，效益不及种花高哇。清代素馨花已成为一种重要的经济作物。

就像今日的百万葵园、薰衣草田一样，花田的规模之大，其种植地甚至成了风景。清道光年间评“羊城八景”时，就以“花田夜月”之名评上；后广州河南评“海幢八景”时，又以“花田春晓”之景评上。

3

从明代开始发展起来的广州花市，至今仍有痕迹，比如西关花田、芳村花地、顺德陈村、七门花市等。而且时至今日，芳村和陈村，因为规模大，仍对全国的鲜花市场有定价权。

其实，宋朝时，洛阳、杭州等地都有鲜花种植基地；可惜一千年过去了，当别的花田都已湮灭在历史的尘埃中的时候，只有广东的花田，依旧香如故。

但为什么曾在广府的花卉史中有着压倒性优势的，以一己之力带动全省花卉的种植和贸易的素馨，今天几乎已经消失、不为大众所闻了呢?

其实素馨还在，从植物学上说，并非它已不适合种植，而是它不再具备商业价值，花农不太愿意种植罢了。到了清朝末年，由于栽培技术改进，素馨种植过于广泛，产量过高，已呈现“花多价贱”之势。

鸦片战争以后，新式装饰品和合成香品的传入，更是严重影响到素馨花的需求量。而且，包括茉莉在内其他花卉的种植，也明显增加了。清朝时的花农很专业，种植素馨花出名后，花农扩大种植面积，广种各种花卉，常见的包括茉莉、含笑、夜合、兰花、玫瑰、鹰爪、珠兰、鸡爪兰、白兰、豆蔻、山姜、兰蕙、盆橘、桃花、牡丹等。

正如我们所知，现代社会的一个重要特征就是多元化、多样性。

流溪香雪　林帝浣 摄
梅花是广州市流溪河国家森林公园别具特色的旅游名片。

如今，任何一种花还想独霸一个地方的舞台，已不可能。而且最近二四十年里，现代化和全球化的速度如此之快，世界各地最美的花朵、最适宜观赏的植物，已经陆续引进中国，甚至本土化，培育出新品种；我们在鲜花市场上，随时都可以看到各种各样美不胜收的奇花异草。

1980年，广州花市首次出现了荷兰的郁金香、比利时的杜鹃等洋花。

1984年，法国剑兰首次出现在越秀区中心花市。

1986年，石竹、四季海棠、洋彩雀、红百合、日本紫罗兰、黄仔菊、羽衣甘蓝、爱丽丝、英国菊花、一串红、法国万寿菊、荷兰万年青、蝴蝶兰等，均首次出现在花市。

1995年，台湾蝴蝶兰引进，成为花市新宠。

2002年，澳洲“帝王花”、地涌金莲出现。

2005年，荷兰“绿西施”“乒乓菊”出现。

2007年，出现了菲律宾的宝莲灯，荷兰大号猪笼草，“火鸟V31”蝴蝶兰等品种。

……

如今，顺德、芳村、黄埔等地的花卉生产基地，培养出国产的蝴蝶兰、红掌、大花蕙兰、西洋杜鹃、跳舞兰等，比洋花便宜，品质差别不大。

今天的我们已可以享受到异常丰富的鲜花文化了。但也正因为如此，遥想着交通不便、生活水平较低的古代，人们仍然努力通过很有限的鲜花，来装点生活，享受生活；可见，人们对美的追求，是没有止境的。

热爱鲜花，这就是广东人热爱生活的重要表现。

广东的花事，一开始就诞生在世界性文化语境中。现在广东花事兴盛、花市闻名，过年去广东看花，也已经成为广东最鲜亮的一个品牌。这原本来自世界的花，就是今天广东在春天里，向世界发出的邀请函。

花落有声　林帝浣 绘

“三月木棉红，四月木棉熟”，木棉花的花期一般在每年三到四月份，花期短暂。木棉树形挺拔，木质坚韧。木棉开花的时候要么是叶子都掉光，要么就是叶子全部都发黄，无需绿叶相衬便能用红色撑起一片天。

粤西年例

一场关于春天的相会

林中行

那些从来没有被宴请出席过年例的朋友，很难理解粤西人性格基因里的那份热情、好客与拼搏；同样，那些认为粤西的年例，不过是一年一次的胡吃海喝的朋友，更是不明白年例的背后深藏着粤西地区的文化密码。

可以很坦诚地说，那些没有真正了解年例的朋友，难以真正了解粤西人。

屈指一算，我离开家乡已经31年，从丘陵地貌的小山村，到地级市中等城市，再到省会中心大城市，这一路迁移的人生轨迹，与很多人擦肩而过，与很多风景到此一游，如今年过不惑，抹不掉的依然是心底里那份童年的乡村记忆，而年例就像一个戏台，它恰如其分地承载着期待、乡情、味道以及说不完道不尽的乡村故事。

广东省的粤西地区，包括湛江、茂名、阳江等地级市，依山傍海，在广阔的丘陵地貌中，散落着一个个乡村。千百年来，每年春节期间，正是春寒料峭时节，那些村与村之间上演着一场接一场的美食与民俗活动的盛宴，一年外出归家过年的人们，在将近一个月的时间里，不是在年例的宴席当中，就是在赶往年例的路上。炊烟袅袅、欢声笑语，祭祀、美食、大戏，舞龙醒狮、火树银花，大人们在杯酒间畅谈，孩子们在嬉戏中追逐，情感在这里沉淀，谋划在这里酝酿，自古到今的民俗文化得以存续。

对家乡年例的印象，是从吃开始的。二十世纪八十年代初，粤西地区的山村仍处于原始、落后、封闭的状态，一穷二白是家家户户的写照。对大部分的孩子来讲，半饥半饿是常态，平常家里的饭桌上，除了青菜就是黄瓜干、豆瓣酱，一年到头，最令娃娃们期待的正是年例！

年例那一天，大人们早早就开始杀鸡宰鹅，客人多的时候，把家里那头养了一年多的土猪也宰掉，似乎是空了一年的肚了，吃了一年的斋菜，就为了等到年例那天，可以吃一顿美美的。当年有的祭祀仪式结束之后，空气中飘着的肉香味，已经让孩子们忘掉寒冷，一个个都把胃提到了嗓子，不用大人呼喊便整齐坐在饭桌旁等着上菜。所以，在孩子们的心里，年例意味着美食，意味着美好的记忆。年例过后，家里生活又进入清贫的常态，孩子们便开始新的一年对年例的期待。

小孩永远都不会是酒桌上的主力军，那边大人都还没有正式上桌，孩子们就已经吃得差不多。当暮色昏沉，大人们正举杯畅饮、把盏交谈之际，孩子们已经一边追逐一边嬉戏着往村头的大榕树跑去，那里有一块大空地，是村民日常聚会活动的场所。空地上早已搭好了戏台，唱大戏的演员们正准备化妆。粤西年例里，美食与大戏从来都不可或缺，当四面八方的亲朋好友都酒足饭饱后，便人手拎一张小板凳，踏着月色往戏台方向踱去。

有的村庄喜欢请粤剧演员来演大戏，但有的村庄则喜欢放电影。那时候无论是演大戏还是放电影，不是按场次来算的，而是包天，大戏可以演上连续两到三个晚上，而电影更是连续播四五部。我小时候，很多的传统文化故事就是从看大戏里了解并熟知的，而电影更是令我着迷，无论是放革命题材的还是香港的武打片，我坚决不落下任何一场，有时候看得久了，憋得尿急，都不愿意跑到老远的茅厕，直接就在戏台周边黑漆漆的田边草间解决掉，脑袋还望向银幕，生怕错过哪段情节。很多人幼时知识的启蒙，就是从年例的大戏中来。

除了美食与大戏，还有一些村庄在年例的时候会举行全村的游龙、游灯。我记得我在外婆家过年例的时候，游灯的经历毕生难忘。家家户户，无论大人还是孩子，手里提着灯笼，一个跟着一个，在夜晚绕着村庄来走。那时没有路灯，虽然通了电，但农户为了省电，晚上基本不开灯，大人拉着小孩，后面的人跟着前面的脚步，在漆黑的村道、田间路上行走，唯一的光亮就是手上的灯笼。我想，如果那时就有无人机，飞到夜空上方进行航拍，会看到一盏又一盏的灯笼在寒夜里飘动，像一条光龙在缓缓转动，而人都淹没在浓浓的夜色中。

孩子们只要是有一只萤火虫就可以玩一个晚上，年例自然是一个集合了好吃、好玩所有元素的节日。但对大人而言，年例的意义则更为深远厚重，通过盛情的宴请，既是展示过去一年自己家业的兴旺，也是与亲友们共同期待下一年可以更美好。人生无常、祸福相随，在日子美好的时候，相邀八方来客共度好时光；在日子艰难的时候，粤西人更会有一股不认输的豪迈，喝下年例的这杯酒，与君共谋新一年发展大计。

年例，几百上千年来，是粤西人社交共商的一个舞台，是把民风民俗代代传承的一个仪式，是人们积极过好当下，并对未来美好生活有着强烈向往的生活方式。它有着时间的魅力，无论时代怎样变迁，年例所蕴含文化内核从未改变；它又有着空间的尺度，让粤西人在一年又一年的期盼轮回中，找到为生活为家庭奋斗的坐标。

说一千道一万，身为粤西人的我，最应该做的，就是请你喝下这杯小酒，今年年例不醉不归！

| **粤西年例宴席** 广东省旅游局供图

文字撰写

沈宏非

上海人，著名美食家、作家。
央视《舌尖上的中国》总顾问。
1984至2000在广州、北京、香港等地从事媒体工作，现为自由撰稿人，电视节目策划人，制片人。
著有《写食主义》《发现广州餐厅》《食相报告》《饮食男女》等。

费勇

浙江人，教授、博士生导师。
暨南大学生活方式研究院联席院长，唐宁书店联合创始人。
主要作品有《人生真不如陶渊明那一杯酒》，以及《不焦虑的活法 ：金刚经修心课》《不抑郁的活法：坛经修心课》等修心课系列。在大陆与台湾，以及韩国出版，连续多年入选凤凰网好书榜、当当网年度畅销书榜等多种榜单。

黄爱东西

作家、资深媒体人。
祖籍广东，生于上海，幼住广州西关。
当代岭南都市随笔及散文风格的代表人物。
著有《老广州 · 屐声帆影》《夏夜花事 · 双城记之广州》《西关花月夜》《四季如夏》等。

侯虹斌

作家，资深媒体人，历史小说家。
现为腾讯大家签约作家，今日头条、百度百家、UC头条、企鹅号、新浪自媒体等签约作家。
著有《我不代表真理我只代表你》《活在汉朝不容易》《叫我女王大人》《广东花道》等。

韩帮文

山东菏泽人，毕业于暨南大学中文系。
资深媒体人，《美术报》专栏作者，著有《犇》。

林中行

原名林洪浩，资深媒体人。
现供职于中国（广州）国际纪录片节，编写《传世·刘斯奋传》《鸿飞逸事》等人物传记等。

刘茉琳

生于湖南，在广州城长大。
暨南大学文艺学博士，澳门大学博士后。
曾在《羊城晚报》《广州日报》，台湾《旺报》《南方人物周刊》等发表随笔。

张丽凤

山东人，澳门大学哲学博士。
现为广东财经大学教师，从事中国现代文学、地域文化研究。

陈志瞳

青年作家，暨南大学在读硕士。

余晨

旅游专栏作者，毕业于暨南大学，从事文化行业。
喜欢将心绪放归路途风景，做一个细腻的观察聆听者。

于文

导演、摄影师，现居上海，以文字和影像为生，常年在路上的体验者和观察者。

摄影、绘画

林帝浣

江湖人称“小林老师”
中山大学教师，人文纪实摄影师，画家，畅销书作家。
中国二十四节气世界文化遗产项目申遗资料国画作者。
“中国诗词大会”节目舞台背景国画作者、动画设计者。